DE REPENTE, UMA BATIDA NA PORTA

Etgar Keret

DE REPENTE, UMA BATIDA NA PORTA

Tradução de
Nancy Rozenchan

Rocco

Título original
תלדב דפיקה פתאום
(SUDDENLY, A KNOCK ON THE DOOR)

Primeira publicação em Israel por
Kinneret, Zmora–Bitan, Dvir – Publishing House Ld., 2010.

Copyright © Etgar Keret, 2010
Todos os direitos reservados.

Publicada mediante acordo com
The Institute for the Translation of Hebrew Literature.

Etgar Keret assegurou seu direito de ser identificado como autor desta obra
em conformidade com o Copyright, Designs and Patents Act 1988.

Direitos para a língua portuguesa reservados
com exclusividade para o Brasil à
EDITORA ROCCO LTDA.
Av. Presidente Wilson, 231 – 8º andar
20030-021 – Rio de Janeiro – RJ
Tel.: (21) 3525-2000 – Fax: (21) 3525-2001
rocco@rocco.com.br
www.rocco.com.br

Printed in Brazil/Impresso no Brasil

CIP-Brasil. Catalogação na fonte.
Sindicato Nacional dos Editores de Livros, RJ.

K47r Keret, Etgar
De repente, uma batida na porta / Etgar Keret;
tradução de Nancy Rozenchan. – 1ª ed. – Rio de
Janeiro: Rocco, 2014.

Tradução de: Suddenly, a knock on the door.
ISBN 978-85-325-2921-3

1. Ficção israelense. I. Rozenchan, Nancy.
II. Título.

14-11951
CDD–892.43
CDU–821.411.16'08-3

Para Shira

AO LEITOR

Escritores gostam de comparar seus livros a filhos, mas devo admitir que nunca entendi muito bem essa comparação. É verdade que você pode dedicar toda sua paixão e entusiasmo a uma história, como faria com um filho, mas no momento em que ela entra no mundo você não precisa mais se preocupar com ela. É verdade, as pessoas podem não gostar ou mesmo desdenhar dela, e você pode se ver sentindo-se ofendido por isso, mas, ao contrário de uma criança, uma história nunca vai se ofender ou chorar ou responder ao insulto. E não importa quão dura seja a reprimenda, a história se manterá íntegra e intocada dentro de seu novo livro. Com um filho, é um pouco mais complicado.

Uma história nunca vai correr no meio de uma rua movimentada ou tentar engolir uma pilha. Tampouco fará amizade com os colegas errados ou fumará um cigarro nos fundos da escola. E o mais importante de tudo, uma história, mesmo que de fato te surpreenda, nunca será respondona e sempre vai ouvir o que você diz. É por isso que, como pai de mais de 200 contos e uma criança de oito anos, devo admitir que ser o pai de uma criança é muito mais complicado.

De todos os meus livros de contos, *De repente, uma batida na porta* é o mais próximo de meu coração. Porque é o primeiro, e, por enquanto, o único livro que escrevi como um pai. A paternidade é provavelmente a mais incrível e complexa experiência que já tive. Ela preenche cada manhã com medo e esperança, e acrescenta dúzias de pequenas mas comoventes vitórias e derrotas no campo de batalha da vida. Mais ainda, o papel de pai, se você respeitá-lo de fato, o força a olhar como se pela primeira vez para si mesmo e suas ações, de um ponto de vista novo, espantado e ligeiramente mais estreito, e a explicar a você e a seu filho este mundo confuso e o porquê de você fazer todas as coisas esquisitas que você faz nele. A maioria dos contos neste livro não está diretamente ligada à paternidade, mas foram todos escritos pelo pai de uma criança curiosa e amada, e por detrás deles está a tentativa de explicar ao meu filho, não menos do que a mim mesmo, por que é difícil ser uma pessoa, e por que, diabos, ainda assim o esforço vale a pena.

SUMÁRIO

De repente, uma batida na porta 11
Terra da mentira 18
Xisus Cristo 31
Simyon 37
Fechados 45
Manhã saudável 49
Trabalho de equipe 57
Pudim 65
Nos últimos tempos, até tive ereções fenomenais 69
Abrindo o zíper 85
O menino educado 88
Mystique 92
Escrita criativa 95
Coriza 102
Agarrar o cuco pelo rabo 106
Escolha uma cor 115
Mancha roxa 119
O que temos nos bolsos? 128
Carma ruim 131

Ilan	143
A cadela	147
Conto vitorioso	151
Umas boas	154
Peixe dourado	164
Não totalmente só	171
Depois do fim	175
Ônibus azul grande	182
Hemorroida	190
Setembro o ano todo	192
Josef	197
Refeição de enlutados	201
Mais vida	206
Universos paralelos	212
Upgrade	215
Goiaba	221
Festa surpresa	224
Que animal é você?	251

DE REPENTE, UMA BATIDA NA PORTA

"Conte-me uma história", ordena o homem barbudo sentado no sofá em minha sala. A situação, devo admitir, não me é nada agradável. Sou alguém que *escreve* histórias, não alguém que as conta. E mesmo *isso* não é algo que eu faça por encomenda. A última pessoa que me pediu para contar uma história foi meu filho. Isso foi há um ano. Eu lhe contei algo sobre uma fada e um furão, nem me lembro o quê, exatamente, e em dois minutos ele estava dormindo. Mas aqui a situação é fundamentalmente diferente. Porque meu filho não tem barba ou revólver. Porque meu filho pediu a história com bons modos, e este homem está simplesmente tentando roubá-la de mim.

Tento explicar ao barbudo que, se ele guardar o revólver, isto só vai funcionar a seu favor, a nosso favor. É difícil inventar uma história com o cano de um revólver carregado apontado para a sua cabeça. Mas o sujeito insiste. "Neste país", ele explica, "se você quer algo, precisa usar a força." Ele é um imigrante recém-chegado da Suécia, e na Suécia é completamente diferente. Lá, se alguém quer algo, pede educadamente e, na maioria das vezes, consegue. Mas neste Oriente Médio úmido e sufocante, não é bem assim. Basta uma única semana por aqui para descobrir como é que as coisas funcionam. Ou melhor, como as coisas não funcionam. Os palestinos pediram bonitinho um Estado. Receberam? Uma ova. Então, passaram a explodir crianças em ônibus, e de repente foram ouvidos. Os colonos queriam diálogo. Conseguiram? Sem chance. Então, os ânimos se exaltaram, derramaram óleo fervendo nos patrulheiros de fronteira, e de repente eles tinham uma audiência. Neste país, prevalece a linguagem da força, e não importa se a questão é a política, a economia ou uma vaga no estacionamento. A única língua que entendemos é a força bruta.

A Suécia, de onde o barbudo fez sua aliá, é um lugar avançado e bem-sucedido em vários setores. Não é só ABBA ou IKEA ou Prêmio Nobel. A Suécia é um mundo em si mesmo, e tudo o que eles têm conseguiram por meios pacíficos. Na Suécia, se ele tivesse ido até a casa da solista do Ace of Base, batido à porta e pedido que ela cantasse para ele, ela o convidaria a entrar, lhe ofereceria uma xícara de chá, pegaria o violão acústico debaixo da cama e tocaria para ele. E tudo isso com um sorriso. Mas aqui? Quero dizer, se ele não tivesse um revólver na mão, eu o teria jogado escada abaixo. "Olha", tento argumentar. "Olha você", o barbudo rosna e engatilha a arma, "uma história ou uma bala na cabeça." Entendo que não tenho alternativa. O sujeito está falando sério. "Duas pessoas se encontram na sala", começo. "De repente, ouve-se uma batida na porta." O barbudo se apruma. Por um momento acho que a história está pegando, mas não. Ele está ouvindo alguma outra coisa. Estão mesmo batendo à porta. "Abra", ele me diz, "e não tente nada. Livre-se de quem quer que seja o mais rápido possível, ou isto vai acabar mal."

O jovem na porta está fazendo uma pesquisa. Ele tem algumas perguntas. Curtas. Sobre a alta umidade aqui no verão, e como isso afeta a minha disposição. Digo-lhe que não estou interessado em participar da pesquisa, mas mesmo assim ele se enfia na casa.

"Quem é esse aí?", ele me pergunta, apontando para o barbudo parado na minha sala de estar. "É o meu sobrinho da Suécia", minto. "Está aqui para o enterro do pai que morreu em uma avalanche. Estamos justamente lendo o testamento. Você poderia, por favor, respeitar a nossa privacidade e ir embora?" "Vamos lá, cara", o pesquisador diz e me dá um tapinha no ombro. "São só algumas perguntas. Dá uma chance pro irmão fazer um dinheiro. Eles me pagam por cabeça." Ele se esparrama no sofá segurando uma pasta. O sueco se senta ao lado dele. Eu continuo de pé, tentando parecer firme. "Estou pedindo para você ir embora", digo a ele, "você não chegou numa boa hora." "Não é boa, hein?" O entrevistador saca da pasta uma pistola gigantesca com carregador. "Por que não é uma boa hora, porque eu sou mais escuro? Não sou tão bom assim? Estou vendo que, para os suecos, você tem tempo de sobra. Mas para um marroquino, um veterano que perdeu um pedaço do baço no Líbano, você não tem nem um minuto." Tento explicar que não é bem assim. Que ele apenas me pegou em um momento delicado com o sueco. Mas o pesquisador levanta o cano do revólver até os lábios e me faz sinal para calar a boca. "Vamos", diz ele, "para de dar desculpas. Senta aqui e desembucha." "Desembucha o quê?", pergunto. A verdade é que agora estou mesmo muito tenso. O sueco também tem um revólver, as coisas aqui podem piorar. Oriente é Oriente, Ocidente é Ocidente, coisas assim. Mentalidades diferentes. Ou o sueco pode explodir porque quer a história só para ele, *solito*. "Não começa", o pesquisador ameaça, "tenho pavio curto. Despeja logo a história – e faz isso rápido." "É", o sueco se junta a ele em uma harmonia surpreendente e também aponta para mim a sua arma. Pigarreio e começo de novo. "Três pessoas se encontram em uma sala..." "E sem 'De repente, ouve-se uma batida na porta'", o sueco alerta. O pesquisador não chega a entender a que ele se refere, mas o acompanha. "Vai logo com isso", diz ele, "sem batida na porta. Conta alguma outra coisa. Que surpreenda."

Paro por um instante, respiro fundo. O olhar de ambos está concentrado em mim. Como é que sempre me meto nessas situações? Aposto que coisas assim nunca acontecem com Amós Oz ou David Grossman. De repente, ouve-se uma batida na porta. O olhar dos dois se torna ameaçador. Dou de ombros. Não é comigo. Nada na minha história pode ser ligado a esta batida. "Livre-se dele", o pesquisador me ordena, "Livre-se dele, quem quer que seja." Abro apenas uma fresta da porta. É um entregador de pizza. "Você é o Keret?", ele pergunta. "Sim", digo, "mas não pedi pizza." "Aqui está escrito rua Zamenhoff, 14", ele sacode o papel diante da minha cara e avança porta adentro. "E daí?", eu digo, "não pedi nenhuma pizza." "Tamanho família", ele insiste. "Metade abacaxi, metade anchova. Já está paga. Cartão de crédito. Me dá apenas a gorjeta e caio fora." "Você também veio por causa de uma história?" o sueco quer saber. "Que história?" o entregador pergunta, mas é óbvio que está mentindo. Ele não é nada bom nisto. "Saca", o pesquisador lhe diz, "saca logo a pistola." "Eu não tenho pistola", o entregador admite, e mostra sob a caixa de papelão um longo cutelo de açougueiros, "mas vou cortá-lo em fatias, se ele não mandar ver uma boa história, rapidinho."

Os três estão sentados no sofá, o sueco à direita, depois o entregador de pizza, em seguida o pesquisador. "Não posso fazer isso assim", digo a eles. "A história não vai sair com vocês três aqui com essas armas e tudo o mais. Vão dar uma voltinha lá fora e, quando voltarem, terei algo para vocês." "O babaca vai chamar a polícia", o pesquisador diz ao sueco. "O que é que ele está pensando, que nascemos ontem?" "Vamos, conta uma e a gente vai embora", implora o entregador. "Uma curta. Não seja tão fresco. As coisas estão difíceis, você sabe. Desemprego, atentados, iranianos. As pessoas têm fome de algo mais.

O que você acha que fez a gente, sujeitos cumpridores da lei, vir de tão longe até aqui? O desespero, cara, o desespero."

Pigarreio e começo de novo. "Quatro pessoas se encontram em uma sala. Está quente. Estão entediadas. O ar-condicionado não funciona. Uma delas pede uma história. A segunda e a terceira juntam-se a ela..." "Isso não é uma história", o pesquisador protesta, "isso é um relatório. É exatamente o que está acontecendo aqui agora. Exatamente do que estamos tentando fugir. Não vai despejando a realidade sobre a gente assim, feito um caminhão de lixo. Usa a sua imaginação, irmão, inventa, deixa fluir, vai o mais longe que puder."

Começo de novo. "Um homem se encontra em uma sala, sozinho. Ele é solitário. É escritor. Quer escrever uma história. Passou-se um longo tempo desde que escreveu a sua última, e ele sente saudade. Sente saudade da sensação de criar algo a partir de algo. Sim, algo de algo. Porque algo a partir do nada é quando se inventa. Não tem nenhum valor, qualquer um pode fazer isso. Mas quando é algo a partir de algo, é quando se descobre algo que existiu todo este tempo dentro de você, e se descobre isto como parte de algo novo, que nunca aconteceu. A pessoa decide escrever uma história sobre a situação. Não sobre a situação política e tampouco sobre a situação social. Decide escrever uma história sobre a situação humana, a condição humana do jeito que ele a está experimentando neste instante. Mas não surge nenhuma história, porque a condição humana do jeito que ele a está vivenciando agora pelo visto não vale uma história. Ele está prestes a desistir quando, de repente..." "Já o preveni", o sueco me interrompe, "sem batida na porta." "Eu preciso", insisto. "Sem uma batida na porta, não há história." "Tudo bem", o entregador diz com suavidade, "dê-lhe uma folga. Quer uma batida na porta? Que haja uma batida na porta. Contanto que tenhamos uma história."

TERRA DA MENTIRA

Robi contou sua primeira mentira quando estava com sete anos. A mãe lhe entregou uma cédula velha e amarrotada e pediu que fosse comprar um maço de Kent longo no armazém. Com o dinheiro, Robi comprou um sorvete. As moedas que recebeu como troco, ele as escondeu sob uma grande pedra branca no pátio dos fundos do prédio em que viviam e, quando voltou para casa, contou para a mãe que um garoto ruivo amedrontador, sem um dente da frente, o havia parado na rua, lhe dera um tapa e tomara a cédula. Ela acreditou. E, desde então, Robi não parou de mentir. Quando estava no ensino médio, viajou para Eilat e ficou à toa lá na praia por quase uma semana, depois de ter contado ao coordenador da classe uma história sobre uma tia de Beer Sheva que estava com câncer. No exército, esta tia imaginária já ficou cega e ajudou Robi a sair de uma confusão por causa de faltas, sem prisão e até sem confinamento na caserna. Nada. No trabalho, certa vez ele justificou um atraso de duas horas com uma mentira a respeito de um pastor-alemão que encontrara atropelado junto à calçada e que ele levara ao veterinário. Na mentira, o cachorro ficara paralítico e nunca mais recuperaria o movimento das patas traseiras. Funcionou. Robi Algarbali teve oportunidade de mentir muitas vezes durante a vida. Mentiras sem braços e doentes, mudas e más, mentiras com pernas e sobre rodas, mentiras de casaca e com bigode. Mentiras inventadas em um segundo, com as quais ele não pensava que algum dia teria que voltar a se encontrar.

Tudo começou com um sonho. Um sonho breve e pouco nítido com a falecida mãe. No sonho, ambos estavam sentados em um tapete no meio de um espaço branco desprovido de detalhes, que parecia não ter começo nem fim. Perto deles, no espaço branco infinito, havia uma máquina de chicletes com a parte superior transparente, do tipo antigo em que se enfia a moeda por uma fenda, gira-se a manivela e se recebe um chiclete de bola. No sonho, a mãe de Robi lhe dizia que o mundo vindouro estava começando a enlouquecê-la, porque as pessoas eram boas, mas não havia cigarro. Não só não havia cigarros, como não havia café, nem rádio. Nada.

– Você precisa me ajudar, Robi – ela disse. – Precisa me comprar um chiclete. Eu criei você, filho. Todos esses anos lhe dei tudo e não pedi nada. Mas agora chegou a hora de retribuir a sua velha mãe. Compre um chiclete de bola para mim. Vermelho, se for possível. Mas não tem problema se sair um azul. – E, no sonho, Robi remexeu os bolsos repetidamente, procurou uma moeda e não achou.

– Não tenho, mãe – disse em lágrimas. – Não tenho moedas, procurei em todos os bolsos.

Como ele nunca chorava quando estava acordado, era estranho que chorasse no sonho.

– Você procurou também debaixo da pedra? – a mãe perguntou, e envolveu a palma da mão dele em sua própria mão. – Será que elas ainda estão ali?

E então ele acordou. Era um sábado, cinco da manhã, ainda estava escuro. Robi se viu entrando no carro e dirigindo para o lugar onde vivera na infância. Sem movimento nas ruas, demorou menos de vinte minutos para chegar. No térreo do prédio, onde antigamente ficava o armazém de Pliskin, havia sido aberta uma loja de artigos a 1,99 e, ao lado, no lugar da sapataria, havia agora uma filial de uma empresa de celulares que oferecia upgrades de aparelhos como se não houvesse o amanhã.

Mas o prédio continuava igual. Haviam se passado mais de vinte anos desde a mudança deles, e não fora sequer pintado. O pátio também era o mesmo, com algumas flores, uma torneira, um registro de água enferrujado, muito mato. E, no canto, junto à instalação do varal que anualmente transformavam em sucá, jazia a pedra branca.

Ele estava ali, no pátio dos fundos do prédio onde tinha crescido, de parca, com uma grande lanterna de plástico na mão, sentindo-se estranho. Cinco e meia da manhã de um sábado. Se, suponhamos, aparecesse um vizinho, o que lhe diria? Minha falecida mãe apareceu para mim no sonho e pediu que eu lhe comprasse um chiclete, então vim aqui para procurar moedas?

Era estranho que a pedra ainda estivesse lá, depois de tantos anos. Por outro lado, não é como se pedras pudessem levantar-se e mudar de lugar. Ergueu a pedra cautelosamente, como se um escorpião pudesse estar escondido debaixo dela. Mas não havia nenhum escorpião ou cobra ou moedas, apenas um buraco com o diâmetro de uma laranja, do qual brotava uma luz.

Robi tentou espiar dentro dele, mas a luz o ofuscou. Hesitou por um segundo e, em seguida, meteu a mão lá. Estendeu o braço todo até o ombro, deitado no chão, tentando tocar alguma coisa no fundo do buraco. Mas o buraco não tinha fundo, e a única coisa que conseguiu tocar pareceu de metal frio. Como uma manivela. A manivela de uma máquina de chicletes. Robi girou-a com toda a força e sentiu o mecanismo reagir ao toque. Agora tinha chegado o momento em que o chiclete deveria rolar para fora; percorrer todo o caminho a partir das entranhas metálicas da máquina para a palma da mão de um menino emocionado que o aguardava com impaciência. Esse era exatamente o momento em que tudo isso deveria acontecer. Mas não aconteceu. E no instante em que Robi acabou de girar a manivela, ele apareceu aqui.

"Aqui" era um lugar diferente, mas também conhecido. Era o lugar do sonho com a mãe. Totalmente branco, sem paredes, sem chão, sem teto, sem luz do sol. Apenas brancura e uma máquina de chicletes. Uma máquina de chicletes e um menino ruivo baixo e feio, que, de alguma forma, Robi não tinha notado no primeiro olhar. E, antes que Robi conseguisse sorrir para o menino ou dizer alguma coisa, o ruivo já tinha chutado sua perna com toda a força e o feito cair de joelhos. Agora, de joelhos, gemendo de dor, ele e o garoto estavam exatamente da mesma altura. O ruivo olhou dentro dos olhos de Robi e, apesar de Robi saber que jamais tinham se encontrado, havia algo de familiar nele. "Quem é você?", perguntou para o menino ruivo, que arfava diante dele. "Eu?", o ruivo sorriu com um sorriso malvado que expôs a falta de um dente da frente, "Sou a sua primeira mentira."

Robi tentou se levantar. A perna que levara o pontapé doía como o diabo. O menino já tinha fugido. Robi examinou a máquina de chicletes de perto. Por entre os chicletes ocultavam-se bolas de plástico semitransparentes com brindes em seu interior. Ele vasculhou seus bolsos em busca de alguma moeda, mas depois lembrou que o ruivo tinha roubado sua carteira antes de fugir.

Robi começou a mancar em uma direção qualquer. Como no espaço branco não havia nenhum marco, exceto a máquina de chicletes, a única coisa que podia fazer era tentar afastar-se dela. A cada poucos passos, girava a cabeça para verificar se a máquina estava realmente se tornando menor.

A certa altura, ao voltar-se, viu um cão pastor ao lado de um velho magro, com um olho de vidro e os braços amputados. O cão, ele reconheceu de imediato pela forma como avançava, meio se arrastando, as duas patas dianteiras puxando com grande esforço a pelve paralisada. Era o cão atropelado da mentira, ofegante com o esforço e a emoção, feliz de encontrá-lo. Lambeu a mão de Robi e cravou-lhe um par de olhos brilhantes. Robi não conseguiu identificar o homem magro.

– Eu sou Robi – disse e assentiu com a cabeça.

– Igor – o velho se apresentou, e, com um dos ganchos adaptados ao coto dos braços, deu um tapinha nas costas de Robi.

– Nós nos conhecemos? – Robi perguntou, após alguns segundos de um silêncio hesitante.

– Não – Igor respondeu, levantando a coleira do cão com a ajuda de um dos ganchos. – Eu só estou aqui por causa dele. Farejou você a quilômetros de distância e ficou muito emocionado. Ele quis que viéssemos.

– Então, não há nenhuma conexão entre nós – disse Robi, com uma sensação de alívio.

– Eu e você? Não, nenhuma conexão. Eu sou a mentira de outra pessoa.

Robi quis muito perguntar a Igor de quem ele era a mentira, mas não estava seguro de que fosse uma pergunta polida a ser formulada naquele lugar. Aliás, ele teria gostado de perguntar o que era exatamente aquele lugar e se havia ali, além dele, muitas outras pessoas, ou mentiras, ou como quer que se denominassem, mas receou que esta fosse uma questão delicada. Então, em vez de falar, acariciou o cão aleijado de Igor. Era um belo animal e parecia muito feliz em encontrar Robi, que se apiedou dele e sentiu-se culpado por não ter inventado uma mentira um pouco menos dolorida e sofrida.

– A máquina de chicletes – perguntou para Igor após alguns minutos –, com que tipo de moeda ela funciona?

– Liras – disse o velho.

– Antes esteve aqui um menino – disse Robi –, que pegou a minha carteira. Mas mesmo se a tivesse deixado, não havia liras nela.

– Um menino sem um dente? – Igor perguntou. – Esse pequeno miserável rouba de todos. Come até a ração do cachorro. De onde venho, lá na Rússia, pegariam um menino como esse e o deixariam na neve, apenas de cueca e meias, e só permitiriam que entrasse de novo em casa quando todo o seu corpo estivesse azulado. – Com um de seus ganchos, Igor apontou para o seu bolso traseiro. – Aqui dentro tenho algumas liras. Pegue. É presente meu.

Hesitante, Robi pegou uma moeda de uma lira do bolso de Igor e, depois de agradecer, tentou lhe oferecer em troca o seu relógio Swatch.

– Obrigado – Igor sorriu –, mas para que eu preciso de um relógio de plástico? Além disso, jamais tenho pressa de chegar a algum lugar. – E quando viu que Robi procurava alguma outra coisa para lhe dar, apressou-se em tranquilizá-lo. – De todo modo, sou-lhe devedor. Não fosse pela sua mentira sobre o cão, eu estaria aqui sozinho. Portanto, agora estamos quites.

Robi mancou de volta com rapidez na direção da máquina de chicletes. O chute do menino ruivo ainda doía, mas um pouco menos agora. Ele meteu a lira na máquina, respirou fundo, fechou os olhos e girou rapidamente a manivela.

Encontrou-se estirado no chão do pátio de seu prédio antigo. A luz do amanhecer já começara a colorir o céu com tons escuros de azul. Robi puxou o braço para fora do buraco fundo e, quando abriu o punho, descobriu que dentro dele havia um chiclete de bola vermelho.

Antes de ir embora, Robi recolocou a pedra no lugar. Não se perguntou o que exatamente tinha acontecido no buraco. Simplesmente entrou no carro, deu uma ré e partiu. Colocou o chiclete vermelho debaixo do travesseiro, para a mãe, caso ela voltasse no sonho.

Nos primeiros dias, Robi ainda pensou muito sobre aquilo, sobre aquele lugar, sobre o cão, sobre Igor, sobre outras mentiras que contara e que, por sorte, não encontrou. Houve aquela mentira bizarra que contou certa vez para Ruth, sua ex-namorada, quando não foi ao jantar de sexta-feira na casa dos pais dela – uma mentira sobre a sobrinha dele que morava em Natânia, casada com um homem violento, e como o cara ameaçara matá-la e Robi precisou ir até lá para acalmar os ânimos. Até hoje, ele não sabia por que inventara esta história tão enrolada. Talvez tivesse pensado que quanto mais inventasse algo complicado e desvirtuado, tanto mais ela acreditaria nele. Há pessoas que, quando não comparecem ao jantar de sexta-feira, simplesmente dizem que estão com dor de cabeça ou algo parecido. Ele, não. Por causa dele e dessas suas histórias, um marido lunático e sua esposa espancada estavam lá fora, não longe dali, num buraco na terra.

Ele não voltou ao buraco, mas algo daquele lugar permaneceu com ele. No início, continuou a mentir, mas eram mentiras do tipo positivas, em que ninguém bate, manca ou agoniza de câncer. Chegou atrasado no trabalho porque teve que regar as plantas no apartamento da tia que tinha viajado para visitar o filho bem-sucedido no Japão; não compareceu a um chá de bebê porque uma gata pariu junto à sua porta e ele teve que cuidar da ninhada. Coisas assim.

Mas era muito mais complicado inventar mentiras positivas. Pelo menos aquelas que você quisesse tornar plausíveis. Em geral, quando se conta para as pessoas algo de ruim, elas imediatamente acreditam, porque soa normal. Mas quando se inventam coisas boas, elas tendem a desconfiar. E, assim, lentamente, Robi viu-se mentindo menos. Por preguiça, principalmente. E, com o tempo, também pensou cada vez menos sobre aquele lugar. Sobre o buraco. Até a manhã em que ouviu Natasha, da Contabilidade, falar com o chefe do setor. Ela pedia uma licença urgente de alguns dias porque o seu tio Igor tinha tido um ataque cardíaco. Um pobre homem, um viúvo sem sorte, que já perdera os dois braços em um acidente de trânsito na Rússia. E agora isso, o coração. Ele era tão só e desamparado.

O chefe do setor autorizou a licença de imediato, sem questionar. Natasha foi ao seu escritório, pegou a bolsa e saiu do prédio. Robi a seguiu até o carro dela. Quando ela parou para pegar as chaves na bolsa, ele também parou. Ela voltou-se para ele.

– Você trabalha em Compras, não é? – perguntou-lhe. – É o assistente de Zaguri, certo?

– Sim – anuiu Robi. – Eu me chamo Robi.

– Beleza, Robi – disse Natasha, com um nervoso sorriso russo. – Então, o que aconteceu? Está precisando de alguma coisa?

– É sobre essa mentira que você contou há pouco para o chefe do setor – Robi gaguejou. – Eu o conheço.

– Você me seguiu até o meu carro só para me acusar de ser mentirosa?

– Não – retrucou Robi. – Não estou acusando. De verdade. O fato de você ser mentirosa, tudo bem. Também sou mentiroso. Mas esse Igor da sua mentira, eu o conheci. Ele é um cara bacana. E você, desculpe por dizer isto, você inventou coisas bem graves para ele. Então, eu só queria lhe dizer que...

– Dá para você sair da minha frente? – Natasha o interrompeu friamente. – Você está bloqueando a porta do meu carro.

– Eu sei que isso soa absurdo, mas eu posso provar – Robi estava tenso. – Igor não tem olho. Quer dizer, ele tem, mas apenas um. Em algum momento você deve ter mentido e dito que ele tinha perdido um olho, certo?

Natasha, que já estava entrando no carro, parou.

– De onde você tirou isso? – ela disse desconfiada. – Você é amigo de Slava?

– Não conheço nenhum Slava – Robi balbuciou. – Só Igor. Sério. Se quiser, posso levá-la até ele.

Estavam no pátio dos fundos do antigo prédio. Robi moveu a pedra, deitou-se no solo úmido e meteu o braço no buraco. Natasha estava de pé acima dele. Ele estendeu o outro braço para ela e disse: "Segure firme."

Natasha olhou para o homem estendido a seus pés. Trinta e poucos anos, boa aparência, camisa branca limpa e passada, que agora já estava um pouco menos limpa e muito menos passada. Um dos braços dele estava enfiado em um buraco, e o rosto, grudado no chão.

– Segure firme – ele repetiu, e ela não pôde deixar de se perguntar, ao estender a mão para ele, como é que sempre acabava encontrando todos estes pirados. Quando ele começou com todas aquelas besteiras perto do carro, ela pensou que talvez fosse um tipo de piada, alguma "pegadinha", mas agora percebia que esse rapaz de olhos suaves e sorriso tímido realmente era um maluco. Os dedos dele apertavam os dela com força. Ficaram assim, congelados, por um instante, ele estirado no chão, e ela, acima, ligeiramente encurvada, com um olhar desnorteado.

– OK – Natasha sussurrou em uma voz suave, quase terapêutica. – Então, estamos de mãos dadas. E agora?

– Agora – Robi disse –, eu vou girar a manivela.

Eles levaram muito tempo para achar Igor. Primeiro, encontraram uma mentira peluda e corcunda, de um argentino que não falava uma palavra em hebraico. Depois, outra mentira de Natasha, um policial religioso chato que insistiu em retê-los e verificar os seus documentos, mas nunca havia sequer ouvido falar de Igor. Quem, no final, os ajudou, foi a sobrinha agredida de Robi, de Natânia. Eles a encontraram alimentando a ninhada da gata, da última mentira dele. Ela não via Igor havia alguns dias, mas sabia onde encontrar o seu cão. Quanto ao cão, depois que terminou de lamber as mãos e o rosto de Robi, alegrou-se em conduzi-los ao leito de seu amo.

Igor encontrava-se em péssimo estado. Sua pele estava totalmente amarelada e ele suava sem cessar. Quando viu Natasha, no entanto, esboçou um sorriso gigantesco. Alegrou-se muito por ela ter vindo visitá-lo e insistiu em levantar-se e abraçá-la, embora mal conseguisse ficar de pé. Àquela altura, Natasha começou a chorar e pediu-lhe que a perdoasse, porque esse Igor não era apenas uma de suas mentiras, ele também era seu tio. Um tio inventado, certo, mas, ainda assim, um tio. Igor lhe disse que não se lamentasse, que a vida que ela inventara para ele talvez nem sempre tivesse sido fácil, mas que ele aproveitara cada minuto, e ela não tinha com o que se preocupar, porque, comparado ao acidente de trem em Minsk, o raio que o atingiu em Vladivostok e as mordidas da matilha de lobos raivosos na Sibéria, aquele ataque cardíaco era uma ninharia. E então eles voltaram para a máquina de chicletes, Robi introduziu uma moeda de uma lira na fenda, segurou a mão de Natasha e pediu-lhe que girasse a manivela.

De volta ao pátio, Natasha encontrou na palma da mão uma bola de plástico, com um brinde dentro: um medalhão de plástico dourado e feio, com o formato de coração.

– Sabe – ela disse para Robi –, eu deveria ir para o Sinai hoje à noite com uma amiga, por alguns dias, mas acho que vou cancelar e voltar para cá amanhã para cuidar de Igor. Quer vir também?

Robi assentiu. Sabia que, para ir com ela, teria que inventar alguma mentira no escritório. Apesar de ainda não ter planejado qual, ele sabia que seria uma mentira alegre, cheia de luz, flores e sol. E, quem sabe, talvez até mesmo um ou dois bebês sorrindo.

XISUS CRISTO

Alguma vez você já se perguntou qual é a palavra proferida com mais frequência por pessoas prestes a morrer de morte violenta? O MIT realizou um amplo estudo da questão entre comunidades heterogêneas na América do Norte e descobriu que a palavra não é outra senão "porra". 8% das pessoas prestes a morrer dizem "que porra", 6% dizem apenas "porra", e há ainda outros 2,8% que dizem "porra, cara", embora no caso destes, é claro, "cara" seja a última palavra, mesmo que o "porra" a ofusque irrefutavelmente. E o que diz Jeremy Kleinman um minuto antes de passar dessa pra melhor? Ele diz: "Sem queijo." Jeremy diz isto porque está justamente fazendo um pedido em uma lanchonete de cheeseburger chamada Xisus Cristo. Eles não têm hambúrgueres simples no menu, então Jeremy, que é cuidadoso quanto ao *kashrut*, pede um cheeseburger sem queijo. A gerente de turno não cria caso. Muitos clientes já pediram o mesmo no passado, tantos que ela sentiu a necessidade de comunicar o fato, em uma série de e-mails detalhados, ao diretor-geral da rede Xisus Cristo, cujo escritório fica em Atlanta. Ela sugeriu que ele adicionasse um hambúrguer simples ao menu. "Muitas pessoas me pedem isto, mas, no momento, são obrigadas a pedir um cheeseburger sem queijo. Esta é uma possibilidade com pretensão de ser inteligente, mas um pouco embaraçosa. É constrangedora também para mim, e, se me permitem, para toda a rede. Faz-me sentir como uma tecnocrata, e os clientes pensam que a organização é inflexível, que eles precisam enganar a fim de obter o que querem." O diretor-geral nunca respondeu a seus e-mails, e, para ela, este fato era ainda mais constrangedor e humilhante do que todas aquelas vezes em que os clientes pediam cheeseburgers sem queijo. Quando uma funcionária dedicada confronta seu empregador com um problema, especialmente um problema relacionado ao local de trabalho, o mínimo que ele pode fazer é reconhecer sua existência. O diretor-geral poderia ter-lhe escrito que o assunto estava sendo estudado, ou que apreciava a pergunta dela, mas que lamentavelmente não poderia alterar o cardápio, ou ainda um milhão de respostas vãs deste tipo. Mas ele, não. Não escreveu nada. E isto fez com que ela se sentisse invisível. Exatamente como naquela noite em New Haven, quando o namorado Nick começou a dar em cima da garçonete enquanto ela própria estava sentada com ele no bar. Ela chorou e Nick nem sequer entendeu por quê. E na mesma noite ela arrumou suas coisas e foi embora. Amigos comuns ligaram para ela algumas semanas depois e contaram que Nick tinha se suicidado. Não a culparam abertamente pelo acontecido, mas havia algo no modo como lhe contaram, algo repreendedor, embora ela não soubesse dizer o quê. Em todo caso, como o diretor-geral não lhe respondeu, ela considerou pedir demissão. Mas esta história com Nick a impediu de agir assim, e não porque pensasse que o diretor-geral da Xisus Cristo se suicidaria ao ouvir que uma gerente de turno em alguma filial fedorenta do interior se demitiu porque ele não lhe respondera. A verdade, porém, é que o diretor-geral se mataria se tivesse ouvido que ela se demitira por causa dele. A verdade é que se o diretor-geral tivesse ouvido que, devido ao fenômeno da caça ilegal na África, o leão branco se tornara animal extinto, ele se suicidaria. Ele teria se suicidado mesmo depois de ouvir algo mais trivial como, por exemplo, que iria chover no dia seguinte. O diretor-geral da rede de lanchonetes Xisus Cristo sofria de grave depressão clínica. Seus colegas de trabalho sabiam disso, mas tinham o cuidado de não espalhar este fato doloroso, principalmente porque respeitavam sua vida privada, e também porque isto poderia ter derrubado instantaneamente os preços das ações. Afinal, o que é que a Bolsa nos vende a não ser a esperança infundada de um futuro promissor? E um diretor-geral que sofre de depressão clínica não é exatamente o embaixador ideal para esse tipo de mensagem. O diretor-geral da Xisus Cristo, que entendia totalmente a problemática pessoal e pública do seu estado emocional, tentou obter ajuda com medicação. O tratamento não ajudou em nada. As pílulas lhe foram prescritas por um médico iraquiano exilado, que havia recebido o estatuto de refugiado nos Estados Unidos depois que sua família foi acidentalmente destruída por um F-16 tentando assassinar os filhos de Saddam Hussein. Sua esposa, pai e dois filhos pequenos foram mortos, e só a filha mais velha, Suha, sobreviveu. Em entrevista à CNN, o médico disse que, apesar de sua tragédia pessoal, não estava zangado com o povo americano. Mas a verdade é que ele estava. Estava mais que zangado, estava fervendo de raiva do povo americano. Mas sabia que, se quisesse o *green card*, devia mentir a respeito. Quando mentiu, pensou em seus familiares mortos e na filha viva. Acreditava que uma educação americana seria boa para ela. Estava errado. Sua filha ficou grávida aos quinze anos de um garoto branco – um lixo gordo que estava um ano à frente dela na escola e que se recusou a reconhecer o bebê. Devido a complicações na gravidez, o bebê nasceu com deficiência mental. Nos Estados Unidos, assim como na maioria dos outros lugares do mundo, quando alguém é mãe solteira aos quinze anos de idade, de uma criança deficiente, para todos os efeitos o seu destino está selado. Certamente há algum filme ruim que afirma que não é bem assim, que a pessoa ainda pode encontrar o amor e ter uma carreira e quem sabe mais o quê. Mas isto é apenas no cinema. Na vida real, no momento em que lhe disseram que seu filho era deficiente mental, foi como se uma placa de neon com a legenda *game over* estivesse piscando no ar acima de sua cabeça. Talvez se seu pai tivesse dito a verdade na CNN e eles não tivessem ido para os Estados Unidos, seu destino pudesse ter sido diferente. E se Nick não tivesse começado a dar em cima daquela loira oxigenada no bar, sua situação com a gerente da filial teria sido muito melhor. E se o diretor-geral da rede Xisus Cristo tivesse recebido um tratamento médico correto, sua situação teria sido simplesmente ótima. E se aquele louco na lanchonete de cheeseburger não tivesse esfaqueado Jeremy Kleinman, Jeremy Kleinman estaria vivo, o que, na opinião da maioria das pessoas, é muito melhor do que o estado morto em que ele agora se encontra. A morte dele não foi imediata. Ele engasgou, tentou dizer alguma coisa, mas a gerente da filial, que segurava sua mão, disse-lhe que não falasse, para preservar as suas forças. Ele não falou, tentou preservar as suas forças. Tentou, mas não conseguiu. Há uma teoria, acho que também fora do MIT, sobre o efeito borboleta: uma borboleta agita suas asas em uma praia no Brasil, e, como resultado, um tornado ocorre no outro lado do mundo. O tornado aparece no exemplo original. Eles poderiam ter pensado em um exemplo diferente, em que o bater de asas de borboleta traz chuvas abençoadas, mas os cientistas que desenvolveram a teoria escolheram um tornado, e não porque fossem como o diretor-geral da Xisus Cristo, clinicamente deprimidos. É porque cientistas que se especializam em probabilidades sabem que a chance de que algo prejudicial ocorra é mil vezes maior do que a chance de acontecer algo benéfico. "Segure a minha mão", é o que Jeremy Kleinman queria dizer para a responsável de turno enquanto a vida vazava dele como de uma caixinha furada de leite achocolatado, "segure e não largue, aconteça o que acontecer." Mas ele não disse isso porque ela lhe pediu que não falasse. Ele não disse porque não havia necessidade, e ela segurou a sua mão suada até que ele morreu. Na verdade, por muito tempo depois disso. Ela segurou a mão dele até que os paramédicos lhe perguntaram se ela era a sua esposa. Três dias depois, recebeu um e-mail do diretor-geral. Esse incidente em seu ramo o fez decidir vender a rede e aposentar-se. A decisão foi suficiente para tirá-lo da depressão e fazê-lo começar a responder seus e-mails. Ele os respondeu de seu laptop, sentado em uma belíssima praia no Brasil. No longo e-mail que escreveu, frisou que ela tinha toda a razão e que repassaria o seu pedido cuidadosamente fundamentado para a nova diretoria. Quando apertou a tecla "enviar", seu dedo tocou as asas de uma borboleta adormecida pousada no teclado do laptop. A borboleta agitou as asas. Em algum lugar do outro lado do mundo, ventos do mal começaram a soprar.

SIMYON

Duas pessoas estavam paradas junto à porta. Um segundo-tenente usando um solidéu de crochê e, atrás dele, uma oficial magra de cabelos ralos, cor clara e insígnias de capitão sobre os ombros. Orit esperou um minuto e, como eles continuavam calados, perguntou se podia ajudar. "Gozlan", a capitã lançou a palavra para o soldado em um imperativo mesclado com repreensão. "É sobre o seu marido", o soldado religioso murmurou. "Podemos entrar?" Orit sorriu e disse que devia ser um engano, porque ela não era casada. A capitã olhou para o bilhete amassado que estava segurando e perguntou se o nome dela era Orit, e quando Orit confirmou, a capitã disse educadamente, mas com firmeza, "Nós poderíamos entrar por um minuto?". Orit conduziu-os até a sala do apartamento que compartilhava com uma colega. Antes que tivesse a oportunidade de oferecer-lhes algo para beber, o soldado religioso deixou escapar: "Ele está morto." "Quem?", perguntou Orit. "Por que agora?", a capitã o repreendeu. "Você não pode esperar um segundo para ela se sentar?

Para que pegue um copo d'água?" "Peço desculpas", disse o soldado religioso para Orit, cerrando os lábios em um esgar nervoso. "Esta é a minha primeira vez. Ainda estou treinando." "Está tudo bem", disse Orit, "mas quem morreu?" "O seu marido", disse o soldado religioso. "Não sei se você ouviu, mas esta manhã houve um ataque terrorista no entroncamento Beit Lid..." "Não", disse Orit, "não ouvi. Não ouço noticiários. Mas isso não importa, porque está havendo um engano. Eu já lhes disse, não sou casada." O soldado religioso cravou na capitã um olhar suplicante. "Você é Orit Bielsky?", a capitã perguntou com uma voz um pouco impaciente. "Não", disse Orit, "sou Orit Levin." "Certo", respondeu a capitã, "certo e, em fevereiro, há dois anos, você se casou com o primeiro-sargento Simyon Bielsky." Orit sentou-se no sofá rasgado da sala. O interior de sua garganta estava tão seco que coçava. Pensando bem, realmente teria sido melhor se este Gozlan tivesse esperado até que ela trouxesse um copo de Coca Diet antes de começar. "Então, eu não entendo", disse o soldado religioso em voz alta, "é ela ou não é?" A capitã fez-lhe sinal para se calar. Ela foi até a pia da cozinha e trouxe um copo de água para Orit. A água da torneira no apartamento era nojenta. Água sempre enojava Orit, especialmente esta do apartamento. "Relaxe, temos tempo", disse a capitã, entregando o copo para Orit. "Não estamos com pressa", disse ela, e sentou-se ao seu lado. Sentaram-se assim, em absoluto silêncio, até que o soldado religioso, que ainda estava de pé, começou a perder a paciência e disse "Ele estava sozinho aqui no país, você provavelmente sabe disso, não?" Orit assentiu. "Toda a família ficou na União Soviética ou Rússia ou Comunidade dos Estados Independentes, não sei exatamente como se chama agora. Ele estava completamente sozinho." "Excluindo você", disse a capitã, tocando com sua mão seca a mão de Orit. "Você sabe o que isso significa?", perguntou Gozlan, sentando-se em uma poltrona em frente a elas. "Cale a boca", a capitã lhe disse, "seu idiota." "Por que idiota?" O soldado religioso se ofendeu. "No final teremos de dizer, então por que arrastar isto?" A capitã o ignorou e deu um abraço desajeitado em Orit que pareceu constranger as duas. "Vocês têm que me dizer o quê?", perguntou Orit, tentando livrar-se do abraço. A capitã a soltou, respirou fundo de forma um pouco teatral, e disse "Você é a única pessoa que pode identificá-lo."

Ela conhecera Simyon somente no dia em que se casaram. Ele servia na mesma base de Assi, e Assi sempre costumava lhe contar histórias sobre ele, como ele usava as calças tão altas que todas as manhãs tinha que decidir de que lado colocar o pau, e como cada vez que ouviam programas de rádio com saudações para soldados, e o locutor dizia algo como "para o soldado mais bonito do exército", Simyon sempre ficava tenso, como se a mensagem fosse cem por cento dirigida a ele. "Quem poderia estar enviando lembranças àquele idiota?" Assi dizia, rindo.

E foi com aquele idiota que Orit se casou. A verdade era que ela havia sugerido Assi como futuro marido, para que ela não tivesse de servir no exército, mas Assi disse de jeito nenhum, porque um casamento fictício com um namorado nunca seria completamente fictício, e que era apenas uma maneira de arranjar confusão. Foi ele também quem sugeriu Simyon. "Por cem *shekels*, aquele idiota até lhe faria um bebê", disse Assi com uma risada. "Por cem *shekels*, esses russos fariam qualquer coisa." Ela disse para Assi que precisava pensar a respeito, mesmo que, no coração, já tivesse concordado. Mas ficou humilhada quando Assi não concordou em se casar com ela. Estava apenas pedindo-lhe um favor, e um namorado deve saber como ajudar quando necessário. Além disso, mesmo que fosse apenas fictício, não era divertido ser casada com um idiota.

No dia seguinte, Assi chegou em casa, vindo da base militar, deu-lhe um beijo molhado na testa e disse: "Economizei cem *shekels* para você." Orit enxugou a saliva e Assi explicou: "Aquele idiota vai se casar com você de graça." Orit disse que aquilo lhe parecia um pouco suspeito e que era preciso ter cuidado, porque talvez esse Simyon não entendesse bem o significado da palavra "fictício". "Oh, ele entende, e entende muito bem", disse Assi, e começou a vasculhar a geladeira. "Ele pode ser um completo idiota, mas você não iria acreditar como é astuto." "Então por que ele concordou em fazer gratuitamente?", perguntou Orit. "Como é que eu vou saber?", disse Assi, rindo e dando uma mordida em um pepino sem lavar. "Talvez ele tenha entendido que isto é o mais perto de ser casado que ele conseguirá chegar na vida."

A capitã dirigia o Renault e o soldado religioso estava sentado no banco de trás. Ficaram em silêncio durante quase todo o caminho, o que deixou Orit com muito tempo para pensar sobre o fato de que iria ver uma pessoa morta pela primeira vez em sua vida, e que sempre arrumara namorados que não prestavam, e embora soubesse disto desde o primeiro minuto, ainda assim ficava com eles um ano ou dois. Ela se lembrou do aborto e da mãe, que acreditava em reencarnação e insistiu que a alma do bebê tinha reencarnado no seu gato mirrado. "Escute o jeito que está choramingando", ela disse a Orit. "Ouça a voz dele, é como a de um bebê. Já faz quatro anos que ele está com você e nunca chorou assim." Orit sabia que aquilo era uma tolice da mãe, e que o gato estava apenas farejando da janela comida ou alguma fêmea. Só que os seus gritos realmente soavam um pouco como choro de bebê, e ele não parou a noite toda. Seu único golpe de sorte foi que ela e Assi já não estavam mais juntos, porque se lhe contasse algo assim, ele logo teria soltado uma gargalhada. Ela tentou pensar também na alma de Simyon e onde teria reencarnado agora, mas logo se lembrou de que não acreditava em nada disso. Em seguida, tentou explicar a si mesma por que tinha concordado em ir até o necrotério de Abu-Kabir com os oficiais, e por que não mencionara que o casamento era fictício. Havia algo estranho em chegar assim a um necrotério e identificar o marido. Assustador, mas também emocionante. Era um pouco como estar em um filme, passar pela experiência sem pagar o preço. Assi certamente diria que era uma ótima oportunidade para obter uma pensão vitalícia de viúva do exército sem levantar sequer um dedo, e ninguém no exército podia fazer nada diante de um contrato de casamento do rabinato. "Vai ficar tudo bem", disse a capitã, que pelo visto deve ter notado as rugas de preocupação na testa de Orit. "Nós vamos estar com você o tempo todo."

Assi veio ao rabinato como testemunha de Simyon e, durante toda a cerimônia, tentou que Orit risse, fazendo caretas para ela. O próprio Simyon parecia muito melhor do que ele ouvira a seu respeito. Não era um galã lindo de morrer, mas também não era tão feio quanto Assi o descrevera. Nem tão idiota. Ele era muito estranho, mas não era bobo, e depois da cerimônia no rabinato Assi os convidou para comer um falafel. Naquele dia todo, Simyon e Orit não trocaram uma palavra, exceto um "olá" e as palavras que tiveram que falar na cerimônia; na barraca de falafel, também se esforçaram para não cruzar os olhares. Aquilo divertiu Assi. "Veja como a sua esposa é bonita", disse, pondo a mão no ombro de Simyon, "veja que flor." Simyon manteve os olhos fixos no pão gotejante que estava segurando. "O que vai ser de você, Simyon?"

Assi continuou a alfinetar. "Você sabe que agora tem que beijá-la. Caso contrário, de acordo com a lei judaica, o casamento não é válido." Até o presente, ela realmente não sabe se Simyon acreditou. Assi lhe disse mais tarde que era claro que não, e que ele tinha apenas tirado proveito da situação, mas Orit não tinha tanta certeza. Em todo o caso, de repente ele se inclinou para a frente e tentou beijá-la. Orit saltou para trás, e os seus lábios não chegaram a tocar os dela. Mas o cheiro de sua boca a tocou, misturando-se com o cheiro de óleo de fritura do falafel e o cheiro de mofo do rabinato grudado no seu cabelo. Ela se afastou mais alguns passos e vomitou em um vaso de flores, e quando ergueu os olhos, seu olhar se deparou com o de Simyon. Ele congelou por um minuto e, em seguida, simplesmente começou a correr dali. A fugir. Assi tentou chamá-lo de volta, mas ele não parou. E essa foi a última vez que ela o viu. Até hoje.

A caminho do necrotério, ela teve medo de talvez não ser capaz de identificá-lo. Afinal, vira-o apenas uma vez, há dois anos, e ele estava vivo e são. Mas soube imediatamente que era ele. Um lençol verde cobria o corpo todo, exceto o rosto, completamente intacto a não ser por um pequeno furo não maior do que uma moeda de um *shekel*, na bochecha. E o cheiro do cadáver era exatamente como o cheiro da respiração dele em seu rosto dois anos antes. Ela se lembrara muitas vezes daquele momento. Enquanto eles ainda estavam no estande do falafel, Assi lhe dissera que não era culpa dela que Simyon tivesse mau hálito, mas ela sempre sentiu como se fosse. Hoje também, quando bateram na porta, ela deveria ter se lembrado dele. Afinal, não se casara um milhão de vezes ou algo assim.

"Você quer que a deixemos por um minuto a sós com o seu marido?", perguntou a capitã. Orit fez sinal de "não" com a cabeça. "Você pode chorar", disse a capitã. "Realmente. Não há motivo para guardar isso dentro de si."

FECHADOS

Conheço um rapaz que fantasia o tempo todo. Quer dizer, o sujeito caminha pela rua com os olhos fechados. Um dia, sentado no banco do carona do carro dele, olhei para a esquerda e o vi com ambas as mãos no volante e os olhos fechados. Falando sério, ele dirigia de olhos fechados.

– Chagui – digo –, isso não é uma boa ideia. Abra os olhos, cara. – Mas ele continuou dirigindo como se tudo estivesse bem.

– Você sabe onde estou agora? – ele me pergunta.

– Abra os olhos – insisto. – Vamos, abra logo, isso já está me assustando. – Por milagre, não acabou em desastre.

O fulano fantasia sobre casas de outras pessoas, fantasia que são a casa dele. Sobre carros, sobre trabalhos. Não importa o trabalho. Sobre a esposa. Imagina que outras mulheres são a sua esposa. E também sobre crianças. Crianças que encontrava na rua ou no parque, ou que tinha visto em algum seriado de TV. Imagina-as no lugar de seus filhos. Passava horas fazendo isso. Se dependesse dele, passaria a vida inteira assim.

– Chagui – eu lhe digo –, Chagui, acorde. Acorde para a sua própria vida. Você tem uma vida incrível. Uma mulher fantástica. Filhos encantadores. Acorde.
– Pare – ele responde, afundado em seu pufe. – Pare, não estrague tudo. Você sabe com quem eu estou agora? Com Yotam Ratsabi, que serviu comigo no batalhão como sargento de operações. Estou em um passeio de jipe com Yotam Ratsabi. Só eu, Yoti e o pequeno Eviatar Mendelssohn. Ele é o garoto mais espertinho da turma de Amit no jardim. E Eviatar, este pequeno demônio, me diz: "Papai, estou com sede. Você pode me dar uma cerveja?" Você percebe? O menino nem tem sete anos. Então eu digo: "Não dá para ser cerveja, Evi. Mamãe não deixa." A mãe dele, minha ex, é Lilach Yedidia, da época da escola. Bonita como uma modelo, reconheço, mas dura, dura como uma pedra.
– Chagui – digo do sofá –, não é seu filho e não é sua esposa. Você não está divorciado, cara, você é feliz no casamento. Abra os olhos.
– Toda vez que vou devolver o menino para ela, fico de pau duro – Chagui continua, como se não me ouvisse –, como o mastro de um navio. Ela é linda, minha ex, bonita, mas dura. E essa dureza é que me faz ficar de pau duro.
– Ela não é sua ex, e não é bem uma ereção isso que você tem. – Eu sei do que estou falando. Ele está a um metro de distância de mim, de cueca. Sem ereção nenhuma.

– Tivemos que nos separar – diz ele –, eu não me sentia bem com ela. E ela? Nem ela ficava bem com ela mesma.

– Chagui – eu imploro –, o nome de sua esposa é Karny. E sim, ela é linda. Mas ela não é dura. Não com você. – A esposa dele é muito suave. Ela tem a alma gentil de um pássaro e um grande coração, sente pena de todos. Já estamos juntos há nove meses. Chagui começa a trabalhar cedo, então eu venho vê-la às oito e meia, logo depois que ela deixa as crianças na escola.

– Lilach e eu nos conhecemos no ensino médio – ele continua. – Ela foi a minha primeira e eu fui o primeiro dela. Depois que nos divorciamos, transei muito por aí, mas nenhuma das mulheres chegou aos pés dela. E ela, pelo menos de longe, parece que ainda está sozinha. Se eu descobrisse de repente que ela tem alguém, isto iria me quebrar, ainda que estejamos divorciados. Me quebraria em pedaços. Eu simplesmente não suportaria. Nenhuma das outras significa alguma coisa. Apenas ela. Ela é a única que sempre esteve lá.

– Chagui, ela se chama Karny, e ninguém está com ela. Vocês ainda são casados.

– Com Lilach também não tem ninguém – diz ele, e lambe os lábios secos –, nem com Lilach. Eu me mataria se houvesse.

Karny chega agora em casa, carregando uma sacola de compras. Ela joga um oi casual em minha direção. Desde que estamos juntos, tenta parecer mais distante quando há outras pessoas ao redor. Ela nem cumprimenta Chagui, sabe que não tem o que conversar com ele quando os olhos dele estão fechados.

– A minha casa – diz ele – fica bem no centro de Tel Aviv. Bonita, com uma amoreira junto à janela. Mas é pequena, de fato muito pequena. Preciso de mais um quarto. Nos fins de semana, quando as crianças estão comigo, preciso abrir o sofá para elas na sala. Não é legal. Se eu não encontrar uma solução até o verão, vou ter de me mudar.

MANHÃ SAUDÁVEL

Toda noite, depois que ela o deixou, ele adormecia em um local diferente: no sofá, em uma poltrona na sala, no capacho da varanda como um sem-teto. Todas as manhãs, ele fazia questão de sair para o café. Mesmo prisioneiros têm o direito de fazer uma caminhada diária no pátio da prisão. No café, sempre lhe reservavam uma mesa para dois, com uma cadeira vazia diante dele. Sempre. Mesmo quando o garçom lhe perguntava especificamente se ele estava sozinho. Outras pessoas sentavam-se lá em duplas ou em trios, riam, comiam um do prato do outro, brigavam sobre quem iria pagar a conta, mas Miron ficava sentado sozinho com o seu "Manhã Saudável", que incluía um copo de suco de laranja, uma tigela de cereais com mel, um café expresso duplo descafeinado, acompanhado de leite quente com baixo teor de gordura. Claro que seria melhor se alguém sentasse na sua frente e risse com ele, se houvesse alguém que discutisse sobre quem iria pagar a conta e ele tivesse que brigar para entregar o dinheiro à garçonete, dizendo: "Não pegue dele! Deixe,

Ivri. Hoje é a minha vez." Mas ele não tem com quem fazer isto, e o café da manhã sozinho era cem vezes melhor do que ficar em casa.

Miron perdia muito tempo observando as outras mesas. Escutava um pouco as conversas, lia o suplemento de esportes ou examinava com interesse distante os altos e baixos das ações israelenses em Wall Street. Às vezes, alguém se aproximava dele, pedia uma seção do jornal que ele tinha acabado de ler, ele anuía e se esforçava para sorrir. Uma vez, quando uma jovem mãe sexy com um bebê em um carrinho caminhou até ele, Miron disse a ela, quando abriu mão da primeira página com a manchete espalhafatosa sobre um estupro coletivo na região de Sharon, "Veja para que mundo louco estamos trazendo nossos filhos." Tinha certeza de que uma declaração destas proporcionaria aproximação, uma sensação de destino comum, mas a mãe sexy apenas olhou para ele com um olhar alienado, meio irritado, e pegou também o suplemento de saúde, sem sequer pedir.

Aconteceu em uma quinta-feira. Um cara gordo e suado entrou no café e sorriu para ele. Miron ficou surpreso. A última pessoa que lhe dera um sorriso fora Maayan, justamente antes de deixá-lo, e aquele sorriso, há mais de cinco meses, fora completamente cínico, enquanto o sorriso do gordo era suave, quase apologético. O cara gordo fez um gesto que, pelo visto, sugeria um pedido para se sentar, e Miron assentiu quase sem perceber. E o gordo sentou-se.

– Reuven? Ouça, estou muito sem graça por ter atrasado. Sei que marcamos às dez, mas de manhã eu tive uma tremenda confusão com a menina.

Miron pensou que talvez devesse dizer ao gordo que não era Reuven. Em vez disso, viu-se espiando o relógio e dizendo: "Não tem importância, foram só dez minutos."

Depois disto, os dois ficaram calados por um segundo, e Miron perguntou se a menina estava bem. O gordo disse que sim, ela estava começando em um novo jardim de infância, e cada vez que ele a levava de manhã, as despedidas eram difíceis.

– Mas não importa – o gordo se interrompeu –, você já tem o suficiente na cabeça sem os meus problemas. Vamos ao que interessa.

Miron respirou fundo e esperou.

– Olha – disse o gordo –, quinhentos é demais. Faça por quatrocentos. Sabe o que mais? Até quatrocentos e dez e eu me comprometo a levar seiscentas peças.

– Quatrocentos e oitenta – rebateu Miron. – Quatrocentos e oitenta. E isso é só se você se comprometer a levar mil peças.

– Você tem que entender – disse o gordo –, o mercado está agora na pior, com a recessão e tudo mais. Ontem à noite vi no noticiário gente pegando comida do lixo. Se você continuar pressionando, vou ter que vender na alta. Vou vender na alta, ninguém vai comprar.

– Não se preocupe – disse-lhe Miron. – Para cada três pessoas que comem do lixo, há uma andando de Mercedes.

Isto fez o gordo rir.

– Me disseram que você era difícil – ele murmurou com um sorriso.

– Sou exatamente igual a você – Miron também sorriu. – Só estou tentando sobreviver, tentando manter corpo e alma juntos.

O gordo enxugou a palma da mão suada na camisa e, em seguida, a estendeu.

– Quatrocentos e sessenta – disse ele. – Quatrocentos e sessenta e eu levo mil. – Quando viu que Miron não reagia, acrescentou: – Quatrocentos e sessenta, mil peças e devo-lhe um favor. E você sabe melhor do que ninguém, Reuven, que no nosso setor favores valem mais do que dinheiro.

Esta última frase convenceu Miron a apertar a mão estendida. Era a primeira vez em sua vida que alguém lhe devia um favor. Alguém que achava que seu nome era Reuven, mas mesmo assim. E quando eles acabaram de comer, e discutiam quem iria pagar a conta, Miron sentiu uma pequena onda de calor se espalhando pela barriga. Ele conseguiu se antecipar ao gordo por um décimo de segundo e empurrou a cédula amassada para a mão da garçonete.

Daquele dia em diante, aquilo quase se tornou rotina. Miron se sentava, fazia o seu pedido e aguardava, tenso, qualquer pessoa nova que entrasse no café, e se essa pessoa começava a circular entre as mesas com olhar interrogativo, Miron não hesitava em acenar e convidá-la a se sentar.

– Eu não quero que isso acabe no tribunal – disse-lhe um careca com sobrancelhas grossas.

– Nem eu – Miron admitiu. – É sempre melhor resolver as coisas amigavelmente.

– Só é bom você saber de antemão que não posso fazer turnos noturnos – anunciou uma loura de cabelo cacheado com botox nos lábios.

– Então o que é que você quer? – Miron resmungou. – Que todos façam turno noturno exceto você?

– Gabi pediu-me para lhe dizer que ele está arrependido – disse um cara com brinco na orelha e dentes podres.

– Se ele está realmente arrependido – rebateu Miron –, diga-lhe que venha e me diga ele mesmo, sem intermediários!

– No e-mail, você me parecia mais alto – uma ruiva magra reclamou.

– No seu e-mail, você soou menos exigente – Miron retrucou mordaz.

E de alguma maneira tudo dava certo no final. Ele e Careca chegaram a um acerto, fora do tribunal. Lábios de Botox concordou em pedir que a irmã cuidasse das crianças para que ela pudesse fazer um turno noturno semanal. Dentes Podres prometeu que Gabi iria telefonar, e a ruiva e ele concordaram que não eram exatamente feitos um para o outro. Parte das pessoas pagou a conta, parte foi convidada por ele. Com a ruiva, a divisão foi meio a meio. Tudo era tão fascinante que, se acontecia de passar uma manhã inteira sem que ninguém sentasse à mesa diante dele, Miron começava a sentir uma ligeira tristeza. Felizmente, isso não acontecia com muita frequência.

Quase dois meses depois que o gordo suado tinha se sentado diante dele, entrou no café um sujeito com o rosto cheio de espinhas. Apesar de todas as espinhas, e do fato de parecer ao menos dez anos mais velho do que Miron, era um cara de boa aparência, com muito carisma. A primeira coisa que disse quando se sentou foi:

– Eu tinha certeza que você não iria aparecer.

– Mas nós marcamos – disse Miron.

– Sim – o espinhento sorriu triste. – Mas, depois do jeito que eu gritei com você no telefone, fiquei com medo que desse para trás.

– Mas cá estou eu – disse Miron, quase provocando.

– Lamento ter gritado com você no telefone – o sujeito se desculpou. – Realmente, perdi o controle, mas quis dizer cada palavra que eu disse, entendeu? Agora estou pedindo para você parar de vê-la.

– Mas eu a amo – disse Miron, com a voz sufocada.

– Há coisas que você ama e das quais precisa desistir – disse o de espinhas, e acrescentou: – Ouça alguém um pouco mais velho do que você. Às vezes é preciso desistir.

– Lamento – disse Miron –, não posso.

– Sim, você pode – zangou-se o das espinhas. – Você pode e vai desistir. Não há nenhuma outra possibilidade. Nós dois talvez a amemos, mas acontece que por acaso sou também o marido dela, e não vou deixar você acabar com a minha família. Entendeu?

Miron sacudiu a cabeça de um lado ao outro.

– Você não tem ideia de como foi a minha vida no ano passado – disse ao marido. – Um inferno. Nem mesmo um inferno, apenas um pedaço de um grande e mofado nada. Quando você está vivendo um nada por tanto tempo e, de repente, algo aparece, não pode apenas dizer-lhe para ir embora. Você me entende, não é? Eu sei que me entende.

O marido mordeu o lábio inferior.

– Se você se encontrar com ela mais uma vez, matarei você. Não estou brincando, você sabe disto.

– Então me mate – Miron deu de ombros. – Isto não me assusta. No final todos morreremos.

O marido se inclinou sobre a mesa e deu um soco no queixo de Miron. Foi a primeira vez na vida que alguém lhe bateu com tanta força, e Miron sentiu uma onda quente de dor surgir em algum lugar no meio do rosto e se espalhar em todas as direções. Um segundo depois, viu-se no chão, com o marido de pé sobre ele.

– Vou levá-la para bem longe daqui – gritou o marido, e o chutou no estômago e nas costelas. – Vou levá-la para longe, para outro país, e você não saberá onde. Você nunca mais a verá, está ouvindo, seu merda?

Dois garçons saltaram sobre o marido e de alguma forma conseguiram separá-lo de Miron. Alguém gritou para o barman chamar a polícia. Com o rosto ainda colado no chão frio, Miron observou o marido se afastar correndo do café. Um dos garçons inclinou-se e perguntou-lhe se estava bem. Miron tentou responder.

– Você quer que eu chame uma ambulância? – perguntou o garçom.

Miron sussurrou que não.

– Tem certeza? – o garçom insistiu. – Seu nariz está sangrando. – Miron balançou a cabeça lentamente e fechou os olhos. Tentou fortemente se imaginar com aquela mulher que nunca mais veria. Tentou, e por um momento quase conseguiu. Todo o seu corpo doía. Sentia-se vivo.

TRABALHO DE EQUIPE

Meu filho quer que eu a mate. Ele ainda é pequeno, então não sabe bem como dizer isto, mas eu entendo exatamente a que ele se refere.

– Quero que papai bata forte nela – ele diz.
– Forte pra chorar? – eu lhe pergunto.
– Não – ele move a cabeça de um lado ao outro. – Mais forte ainda.

Ele não é violento, o meu filho, já está quase com quatro anos e meio, e não me lembro de nenhuma vez que tenha me pedido para bater em alguém. Também não é do tipo que vive pedindo coisas, não importa se um picolé ou uma mochila de um personagem de desenho animado. Ele só pede quando sente que merece. Como o pai dele.

Para falar a verdade, não como a mãe. Quando ela voltava para casa com lágrimas nos olhos e uma história de que alguém a xingara no trânsito ou a enganara no troco, eu pedia que repetisse tudo o que tinha acontecido três ou quatro vezes, fazia perguntas, investigava até os mínimos detalhes. Em noventa por cento dos casos, ficava claro que ela era a culpada. Que aquele homem no trânsito a xingara com razão, e aquele do troco cobrara apenas o adicional do imposto.

Mas meu pequeno Roiki não é como ela. Se pede ao pai que bata mais forte do que simplesmente para fazê-la chorar, sei que ali realmente tem algo estranho acontecendo.

– O que foi que ela fez? – pergunto. – Ela te bateu?

– Não – diz Roiki. – Mas, quando mamãe e Amram saem e ela vem tomar conta de mim, ela fecha a porta do quarto com a chave e me deixa lá dentro no escuro. E não abre nem que eu chore e prometa ser um bom menino.

Eu o abraço bem forte.

– Não se preocupe – digo a ele. – Papai vai fazer com que vovó pare.

– Você vai bater nela mais forte que forte? – Roiki pergunta em meio a lágrimas.

Parte o coração ver seu filho chorar. Ainda mais quando você é divorciado. Não sei explicar por quê. Tenho muita vontade de lhe dizer que sim, mas fico calado. Sou cuidadoso. Porque a pior coisa é prometer algo para uma criança e depois não cumprir. Uma coisa assim é uma cicatriz para toda a vida. Então eu mudo imediatamente de assunto.

– Quer ir para o estacionamento do trabalho do papai e lá eu vou colocar você no meu colo e nós vamos dirigir o carro em equipe?

Assim que digo "em equipe", os olhos dele se iluminam, brilham de entusiasmo, e as lágrimas que restaram fazem com que brilhem ainda mais. Dirigimos por cerca de meia hora no estacionamento, ele gira a direção, eu com o pé no acelerador e no freio. Deixo até que ele mude a marcha. Dar a ré é o que mais o faz rir. Não há nada como o riso de uma criança.

Eu o trago de volta quinze minutos antes da hora. Sei que estão de olho em nós, então sou rigoroso com estas coisas. Antes de entrarmos no elevador, examino-o bem para ver se não está com sujeira ou manchas, depois também me examino no espelho do hall de entrada.

– Onde é que vocês estiveram? – ela pergunta já na porta.

– No Gymboree – Roiki responde, exatamente como combinamos. – Brinquei com as crianças.

– Espero que desta vez papai tenha brincado direito – diz Sheny, satisfeita consigo mesma –, que não tenha empurrado outras crianças.

– Papai não empurrou ninguém – digo em um tom que demonstra que não estou satisfeito de ela estar me hostilizando diante do menino.

– É verdade – diz Roiki. – A gente se divertiu muito.

Ele já nem se lembra do choro depois do parquinho, quando pediu que eu batesse na vovó. Isto é que é bonito em crianças. Faça o que quiser com elas, e depois de uma hora terão esquecido e encontrado alguma coisa boa com que se alegrar. Mas eu já não sou criança, e quando vou para o carro, tudo o que tenho na cabeça é a imagem de Roiki batendo na porta do seu quartinho e aquela velha malvada mãe de Sheny, do outro lado, não abre. Preciso ficar esperto, cuidar para que isso acabe, sem me colocar em risco e comprometer as visitas ao meu filho. O tempo que fico com o menino, estas lamentáveis duas vezes por semana me custam sangue.

Ainda estou pagando pelo não acontecimento no parque. Uma menina gorda atacou Roiki na ponte de cordas. Ela o beliscou com força e eu tentei afastá-la. Empurrei-a de leve com a mão esquerda, ela caiu e se machucou na estrutura de metal. Nada, nem um arranhão, o que não impediu a mãe histérica de armar uma confusão. Mas quando Roiki contou isto por engano para Sheny, ela e Amram me atacaram como gafanhotos. Sheny disse que se eu fizesse outra "demonstração de violência" perto do menino, eles tratariam de apelar ao tribunal contra o acordo que assinamos.

– Que violência? – perguntei. – Vivemos juntos por cinco anos, alguma vez ergui a mão contra você? – Ela sabia que não tinha nada a dizer a este respeito. Ela merecera um monte de vezes, e eu me segurei. Outro homem a teria mandado a pontapés até o pronto-socorro do Ichilov. Mas eu jamais ergui a mão contra uma mulher. De repente, antes que eu percebesse, Amram se intrometeu.

– Inclusive agora, neste momento, você está sendo violento – é o que ele joga na minha cara. – Você está com um olhar de louco.

– Não é olhar de louco – sorri para ele. – É alma. É sentimento. O fato de você não ter nem um pingo disso não significa que seja ruim.

No fim de tanta não violência, foi Amram que começou a berrar e a ameaçar que eu não veria mais meu próprio filho. Pena que não o tivesse gravado. Que boca ele abriu, fedorenta como um esgoto. Mas continuei sorrindo, como se estivesse tranquilo, para atormentá-lo. No fim, prometi nunca mais agir daquele modo. Como se eu tivesse justamente um plano de atacar no dia seguinte outra menina de cinco anos no parque público.

Na vez seguinte em que busco Roiki no parquinho, vou direto ao assunto da avó. Eu poderia aguardar que ele começasse, mas com crianças isto pode levar muito tempo, e é um tempo que não tenho para esperar.

– Desde que conversamos – eu digo –, vovó continuou a tomar conta de você? – Roiki chupa o picolé sabor de melancia que comprei e faz sinal de "não" com a cabeça.

– Se ela fizer isto outra vez – ele pergunta –, você vai machucar ela?

Respiro fundo. O que mais quero no mundo é dizer para ele que sim, mas não posso arriscar. Se eles conseguirem fazer com que eu não o veja mais, vou morrer.

– O que mais quero no mundo – digo a ele – é machucá-la bastante. Bater nela mais forte do que forte. E não só na vovó, mas em qualquer um que lhe fizer mal.

– Como a menina do sorvete no parque? – ele pergunta com olhos brilhantes.

– Como a menina do sorvete no parque – confirmo. – Mas a mamãe não gosta que o papai bata, e se eu bater na vovó ou em alguém, não me deixará mais brincar com você, fazer tudo o que a gente faz. Você entende?

Roiki não responde. O sorvete está escorrendo na calça dele. Deixa-o derreter de propósito, espera que eu faça algo. Mas eu não faço.

– Não gosto de ficar sozinho no quarto – ele diz após um longo silêncio.

– Eu sei, mas não posso evitar isto. Só você. E papai quer lhe ensinar como.

Explico a Roiki o que ele deve fazer exatamente se a velha o trancar. Com que parte da cabeça deve golpear a parede de modo que fique uma marca, mas que ele não fique ferido.

– E vai doer? – pergunta.

Digo-lhe que sim. Jamais mentirei para ele, não como Sheny. Quando ainda estávamos juntos, fomos ao posto médico infantil para as vacinas. Durante todo o caminho, ela encheu a cabeça de Roiki, falando de picadas e abelhas e surpresas para bons meninos, até que eu a interrompi no meio de uma frase e disse a ele que haveria ali uma mulher com uma agulha que o machucaria, mas que não tinha alternativa, que era preciso. Que há coisas neste mundo às quais precisamos nos adaptar. E Roiki, que mal tinha dois anos, olhou para mim com aquele seu olhar esperto e entendeu tudo. Quando entramos na sala, ele estava todo encolhido, mas não se opôs nem tentou fugir. Aceitou como um homenzinho.

Repasso todo o plano com ele. O que precisa dizer depois a Sheny. Como irritou a vovó e como ela o jogou com força contra a parede. Resumindo, como se machucou.

– E vai doer? – no final ele pergunta de novo.

– Vai doer – eu lhe respondo. – Só desta vez. Depois disto, ela nunca mais vai fechar você sozinho no quarto.

Roiki fica calado. Pensa. O sorvete já acabou. Ele lambe o palito.

– Mamãe não vai dizer que estou só inventando? – pergunta.

– Se houver uma marca suficientemente grande na sua cabeça – acaricio a testa dele –, então ela não dirá. – Depois disto, vamos novamente de carro para o estacionamento. Roiki dirige, cuido do acelerador e do freio. Equipe. Ensino Roiki como se buzina, isto o deixa doido. Ele buzina e buzina e buzina até que o guarda do estacionamento se aproxima e pede que paremos. É um velho árabe do turno da noite. Eu o conheço.

– Relaxe – dou uma piscada e lhe entrego uma nota de vinte. – O menino está brincando um pouco, a quem isto pode incomodar? Mais uns minutos e vamos embora. – O árabe não diz nada, pega o dinheiro e volta à sua cabine.

– O que o homem queria? – Roiki pergunta.
– Nada. Ele não sabia de onde vinha o barulho.
– Posso agora buzinar mais uma vez?
– Lógico que pode, meu anjo – eu o beijo. – Mais de uma vez. Muitas. Quantas você quiser.

PUDIM

Toda esta história com Avishai Abudi deveria, na minha opinião, ativar um sinal de alarme em todos nós. Afinal de contas, ele é um homem honesto, comum, não anda por aí chutando latas de lixo nem provocando brigas em bares. Na realidade, nunca faz nada para atrair atenção para si. Então um dia, do nada, dois bandidos batem à sua porta. Arrastam-no pela escada, colocam-no na parte de trás de uma van e o levam para a casa dos pais.

– Quem são vocês? – Avishai grita assustado. – O que é que vocês querem?

– Isto não é exatamente o que você deveria estar perguntando – diz o motorista, e o brutamontes a seu lado concorda com a cabeça. – O que deveria dizer é: quem sou eu e o que eu quero? – E então os dois começam a rir, como se Avishai tivesse acabado de contar a melhor piada do mundo.

– Sou Avishai Abudi – diz Avishai em um tom que tenta soar ameaçador –, e quero falar com os seus superiores. Estão me ouvindo? – Os dois homens estacionam a van diante do prédio onde moram os pais de Avishai e se voltam para ele. Avishai tem certeza de que vão bater nele, e que não merece tudo isso. De verdade, não merece. – Vocês estão se metendo em encrenca – ele lhes diz, protegendo o rosto, quando o arrancam do veículo.

Mas a verdade é que eles nem batem nele. Avishai não pode ver o que estão fazendo, mas ele sente. E o que sente é que eles o estão despindo, mas não de um modo sexual. É tudo muito correto. Depois que terminam de tornar a vesti-lo, colocam-lhe nas costas uma sacola pesada e dizem, "*Yala*, agora corra para casa, para papai e mamãe. E não se atrase." E Avishai corre, tão rápido quanto consegue. Sobe as escadas de três em três degraus, até chegar à porta marrom de madeira do apartamento dos pais. Ele bate, sem fôlego, e quando a mãe abre, ele entra rápido, fecha a porta atrás de si e dá duas voltas na chave.

– O que aconteceu com você? – pergunta a mãe. – Por que está suando assim?

– Subi correndo – disse Avishai ofegante. – Há pessoas. Nas escadas. Não abra.

– Não estou entendendo nada – diz a mãe –, mas não tem importância. Largue a sacola e vá lavar o rosto e as mãos. A comida já está pronta. – Avishai larga a sacola, vai ao banheiro e lava o rosto. No espelho acima da pia vê que está usando o uniforme da escola. Quando abre a sacola na sala, descobre cadernos e livros encapados com papel florido. Um livro de matemática, uma caixa de lápis de cor e um pequeno compasso de metal com uma borracha na ponta. – Deixe de lado as lições – a mãe o repreende. – Venha comer primeiro, rápido antes que todas as vitaminas desapareçam da salada – a mãe o pressiona. Avishai senta-se à mesa e come em silêncio. A comida é saborosa. Há tantos anos que ele come de "quentinha", ou em restaurantes baratos, que não conseguia lembrar que a comida pode ter tal gosto. – Papai lhe deixou dinheiro para o curso da tarde – a mãe aponta para um envelope branco fechado deixado sobre a mesinha do hall, ao lado do telefone. – Mas repito, Avi, se você mudar de ideia, como fez com os aeromodelos, que se arrependeu depois da primeira aula, é melhor nos dizer isso logo. Antes de pagarmos.

Avishai pensa: É apenas um sonho. E depois diz: "Sim, mamãe" porque, mesmo que seja apenas um sonho, não é razão para não ser educado. E pensa "É só eu querer e posso acordar a qualquer momento". Não que ele saiba o que é preciso para acordar no meio de um sonho. Você pode se beliscar, mas em geral se faz isto na situação oposta. Beliscar-se é algo que você faz para provar que está acordado. Talvez ele pudesse prender a respiração, ou dizer para si mesmo: "Acorde, acorde!" Ou até mesmo se recusar a aceitar o que o rodeia, colocar em dúvida. Tudo se dissipará de repente. O que quer que seja, não há pressa. Ele pode primeiro acabar de comer. Sim, depois do almoço é um momento excelente para despertar. Mesmo depois da refeição, pensando bem, isto não é realmente urgente. Ele pode ir primeiro para o curso – está curioso para saber que curso é – e então, se ainda estiver claro, jogar um pouco de futebol no campo da escola. E só quando o pai chegar em casa, só então, acordar. Ou até continuar por mais um dia ou dois, até a véspera de alguma prova particularmente difícil.

– O que você anda sonhando todo o tempo? – A mãe acaricia a cabeça dele que está ficando calva. – Há tantos pensamentos correndo por trás de seus olhos redondos que só de olhar para eles eu fico cansada.

– Eu estava pensando na sobremesa – Avishai mente. – Se tem gelatina ou pudim.

– O que você gostaria que tivesse? – a mãe pergunta.

– Pudim – Avishai diz, brincalhão.

– Então já tem pronto – diz a mãe alegremente e abre a geladeira. – Mas se mudar de ideia, posso fazer gelatina. Só leva alguns minutos.

NOS ÚLTIMOS TEMPOS, ATÉ TIVE EREÇÕES FENOMENAIS

Quando Ronel acordou naquela mágica manhã de terça-feira e encontrou seu amado terrier, Shechira, entre as suas pernas, lambendo sua ereção matinal, um único pensamento, afiado como uma navalha, passou pelo seu cérebro obtuso e relativamente desocupado: será que é sexual? Em outras palavras, será que Shechira lambe suas bolas da mesma forma que lambeu as bolas de Schneider, um Schnauzer miniatura com que Shechira tentava ter relações cada vez que se esbarravam no Parque Meír, ou será que Shechira lambeu o pênis de seu dono pelo mesmo motivo que escolheu lamber gotas de orvalho de uma folha perfumada? Era uma questão preocupante. Embora não tão preocupante como saber se Niva, sua esposa de ancas largas, suspeitava que ele trepasse com a sócia de escritório, Renana, e por isto era tão desagradável com ela no telefone, ou se tratava-se de antipatia pura mas suficientemente incômoda? "Oh Shechira, Shechira", Ronel murmurou para si mesmo com uma mistura de autopiedade e afeto, "você é o único que realmente me ama."

E Shechira, que talvez não soubesse reconhecer um órgão sexual masculino humano como tal, sabia muito bem reconhecer o seu nome e reagiu com um latido de alegria. Claramente, era melhor ser um cão com dilemas caninos, tais como que-árvore-escolheremos-para-urinar-esta-manhã, do que ser Ronel e se ver às voltas com todos aqueles dilemas morais tediosos como se-foder-Renana-no-dormitório-dele-e-de-Niva-de-pé-quando-ela-se-inclina-sobre-a-penteadeira-era-menos-repelente-do-que-transar-com-ela-justamente-na-cama-deles. Uma questão que tinha muitas implicações, por sinal. Porque se isso não importa, seria muito mais confortável na cama, e pronto. Ou, por exemplo, se fantasiar com sua mulher nua enquanto penetra Renana diminui um pouco o peso da infidelidade, ou é apenas mais uma perversão? "Papai não é pervertido, meu querido Shechira", Ronel se espreguiçou e saiu da cama, "papai é uma pessoa complexa". "O quê?" Niva perguntou, olhando para o quarto, "você disse alguma coisa?" "Eu disse para Shechira que voltarei tarde hoje, porque à noite tenho uma reunião com os alemães", disse Ronel aproveitando ao máximo o raro contato visual com a esposa. "É mesmo?" Niva zombou, "E o que foi que Shechira disse a respeito?" "Nada", Ronel respondeu vestindo uma cueca cinza. "Shechira me aceita." "Shechira também aceita ração", Niva retrucou, "Ele não é um cachorro de padrões elevados."

Uma vantagem óbvia de ter um caso com uma colega de trabalho era que todos aqueles jantares românticos à luz de velas eram dedutíveis. Certamente não era o único bônus, mas, sem dúvida, o mais apreciado por Ronel, para quem o prazer de grampear uma nota fiscal a pedaços de papel enfeitados com datas e explicações em sua própria caligrafia era um dos mais relaxantes e agradáveis de sua vida. E quando se tratava de um recibo que não era apenas um instrumento para dedução de imposto, mas também um item emocional, que possibilitava a lembrança nostálgica de uma noite especialmente bem-sucedida de amor, o prazer era mais do que duplicado. "Preciso de um recibo para o imposto", disse ele ao garçom, acentuando a palavra "imposto", como se houvesse em nosso extraordinário universo um recibo de outro tipo. O garçom anuiu para Ronel como se quisesse dizer que entendia do assunto. Ronel não gostava dele. Talvez por causa da maneira petulante com que corrigia os erros em relação aos nomes dos pratos ou porque insistisse em esconder a palma da mão esquerda por trás das costas durante toda a refeição, de um modo que deixava Ronel nervoso. Ou talvez fosse apenas porque ele era um garçom, um ser que ganhava o sustento com gorjetas, uma forma de pagamento que irritava Ronel, sobretudo porque não havia como abrigá-la dentro do útero quente e agradável denominado de "despesas dedutíveis". "O que há com você esta noite?" Renana perguntou depois que decidiram deixar de lado a tentativa frustrada de sexo selvagem em favor de assistirem juntos a um programa no canal de ciências e comerem melancia. "Estou preocupado", disse Ronel, "preocupado e também um pouco fraco." "Da última vez você também estava preocupado. E na quinta-feira, nem sequer tentamos. Diga-me..." ela parou de falar, a fim de mastigar e engolir um pedaço especialmente grande de melancia, e enquanto esperava o longo processo de ela engolir, Ronel sabia que um forte golpe se aproximava, "... você ainda transa com sua esposa ou também com ela você já não faz?"

"O que você quer dizer com 'também'?" Ronel se irritou. "O que quer dizer 'você já não faz'? Há algo que nós não fazemos?"

"Foder", disse Renana, lambendo os dedos curtos. "Nós não fodemos. Não que seja um grande negócio ou qualquer coisa assim. Só que, você sabe, quando se faz parte da categoria 'trepada fora de casa', e essa coisa de sexo deixa de existir, a gente acaba se tornando simplesmente a que fica mesmo 'de fora'. Sem nenhum contexto. Sabe o que quero dizer? Não que isto seja um motivo para um rompimento ou algo assim, é apenas um pouco estranho. Porque com a sua mulher, mesmo se vocês não transam, você pode visitar os pais dela ou brigar sobre quem vai lavar a louça, essas coisas normais de casal. Mas quando isso acontece com uma amante, meio que puxa o tapete." "Quem disse que nós não transamos?" "Seu pau", disse Renana sem uma pitada de provocação. "É por isso que eu também perguntei sobre sua mulher, para entender se você simplesmente já não está a fim de mim ou se é algo mais...", ela se deteve. "Mais o quê?" Ronel insistiu quando a pausa foi se prolongando. "Dê-me um segundo", Renana murmurou, "estou procurando uma palavra mais suave do que 'impotente'." "Você está fazendo um fuzuê por nada", Ronel se irritou. "Só porque uma ou duas vezes eu estive um pouco cansado e preocupado por causa do trabalho, isso ainda não significa que sou impotente. Ainda hoje de manhã eu tive uma ereção. Não foi uma ereção comum. Foi fenomenal." Ronel, que novamente se lembrou de Shechira, sentiu seu órgão endurecer um pouco e, sem nenhuma razão, encheu-se de culpa. "Ótimo", disse Renana. "Essa já é uma boa notícia. E com quem exatamente você compartilhou essa ereção fenomenal, com Niva?" "Não", disse Ronel, momentaneamente confuso. "Comigo mesmo." "Que bom para você." Renana deu o seu famoso sorriso de zombaria, com o qual ele tinha se deparado anteriormente apenas no trabalho, e voltou a lamber o suco de melancia da palma da mão gorda.

Era provável que, ainda assim, a noite acabasse em uma trepada. Não uma trepada cheia de paixão, mas uma do tipo raivoso, com Ronel tentando estimular seu desejo e uma ereção nem que fosse apenas para fazer Renana engolir as suas palavras. Talvez. Quem sabe. Mas o celular de Ronel vibrando no bolso esquerdo da camisa exatamente onde deveria estar o seu coração conseguiu frustrar esta noite completamente patética. "Desculpe incomodá-lo no meio do seu encontro com os alemães", Ronel ouviu a voz cheia de ódio de Niva, frisando a palavra "alemães". "Não, não, querida, você não está atrapalhando, acabamos neste instante", Ronel a bajulou como costumava fazer quando estava com clientes. Para tornar a questão mais crível, até jogou algumas palavras em inglês para Renana ouvir: "É a minha mulher. Ela está dando um 'oi'". Renana prontamente respondeu com um arroto estrondoso. "O Sr. Matenklot também está mandando um 'oi'", disse Ronel e acrescentou em seguida, "coitado, bebeu um pouco demais. Assim que eu o deixar com Ingo no hotel, vou para casa." "Ronel", Niva o repreendeu do outro lado da linha, "eu não liguei para saber a que hora você voltará. Liguei para lhe dizer uma coisa." "Sei, sei. Desculpe", justificou-se automaticamente Ronel enquanto tentava pegar o controle remoto da mão de Renana, que tinha aumentado o volume da televisão. "É o seu cachorro", Niva acrescentou depois de um breve silêncio. "Ele fugiu."

Quando um cão serra as grades da janela do banheiro e, em seguida, desce com a ajuda de lençóis amarrados, pode-se dizer que ele "fugiu". Mas quando você está passeando na rua e ele não está em uma coleira, e depois de um bom tempo você percebe que ele já não está nas redondezas, trata-se de um fracasso particular. Não era justo tentar culpar Shechira. "Ele provavelmente estava farejando alguma guia de calçada ou monumento e, quando olhou para cima, percebeu que você não estava lá", disse ele a Niva em tom acusador enquanto desciam a rua King George tentando reconstruir a rota daquele desastroso passeio noturno. "Quantas vezes já lhe disse que é para não deixá-lo fora de sua vista?" "Diga-me", falou Niva e parou no meio da rua numa pose de esposa prestes a fazer uma cena, "o que exatamente você está tentando dizer? Que não sou uma babá suficientemente boa para o seu cachorro fedorento? Que não o levo a passear de acordo com as normas da Associação Internacional dos Passeadores de Cães? Se, em vez de transar com os seus alemães, você estivesse em casa poderia ter descido com ele e nada disso teria acontecido." Ronel poderia se queixar agora sobre como dava duro até tarde para sustentá-los, mas, por razões táticas, preferiu ficar calado. Uma das primeiras coisas que tinha aprendido no mundo dos negócios era nunca chegar ao ponto de não retorno. Deixar o maior número possível de opções abertas. E isso, muitas vezes, significa não dizer ou não fazer a coisa que dá vontade de dizer ou fazer. Agora, por exemplo, ele tinha muita vontade de chutar Niva no joelho. Não para deixar marca, dar um pontapé com toda a força. Não apenas porque tinha permitido que Shechira fugisse, mas também porque ela não chamou o cão pelo nome e preferiu se referir a ele como "fedorento" e, principalmente, porque se recusou a assumir a responsabilidade por seus atos e se comportou como se toda esta tragédia fosse um castigo divino para Ronel e não um erro humano de uma mulher egocêntrica e totalmente irresponsável. Mas chutá-la com toda a força no joelho teria sido, como mencionado, fechar as opções. Então, em vez disso, com a mesma serenidade e autocontrole tantas vezes apresentados por assassinos ao limparem a cena do crime e se livrarem dos corpos de suas vítimas, Ronel sugeriu que ela fosse para casa e aguardasse lá, para o caso de alguém ligar com alguma informação sobre Shechira. "Mas quem é que vai ligar?" Niva riu, "O seu cão estúpido, de um telefone público? Ou seus sequestradores pedindo resgate? Mesmo se alguém encontrá-lo, não saberão o nosso número de telefone." "Eu ainda acho que seria melhor nos separarmos", Ronel insistiu enquanto continuava seriamente a pensar em trair a antiga percepção de negócios que lhe tinha servido tão bem por tantos anos e chutar Niva com toda força no joelho.

Ronel encostou-se em uma caixa de correio amarela e leu a lista que tinha acabado de fazer no verso do recibo do restaurante em que ele e Renana haviam jantado naquela noite. A lista foi intitulada "Lugares de que Shechira gosta (?)". Ele não sabia explicar por que tinha acrescentado um ponto de interrogação entre parênteses. Talvez por sentir que se a lista não incluísse um elemento de incerteza, seria como afirmar que ele se declarava incondicionalmente sabedor de tudo o que havia para saber sobre Shechira, ao passo que ele mesmo tinha admitido inúmeras vezes, para si mesmo e para os outros, que nem sempre entendia o cão. Por que às vezes ele latia e outras vezes preferia ficar calado? Por que ele começava a cavar buracos furiosamente, depois abandonava o projeto de escavação com o mesmo repente com que o começara, por razões não óbvias? Será que ele pensara em Ronel como seu mestre, pai, amigo ou amante?

No primeiro lugar da lista encontrava-se o parque Meír, que eles frequentavam toda manhã. Era ali que Shechira encontrava seus amigos e inimigos, para não mencionar o baixinho Schneider, que era como seu irmão. Àquela hora da noite, não havia nem cães, nem pessoas no parque Meír. Só um russo bêbado sem-teto, cochilando em um banco. Ronel presumiu que ele fosse russo não só pela típica garrafa de vodca nos braços, mas também porque falava em russo durante o sono. Ronel parou por um minuto e disse para si mesmo que, apesar dos problemas que continuavam a persegui-lo e que às vezes o faziam sentir-se uma espécie de Jó contemporâneo, devia se sentir grato pelo que tinha e agradecer, a quem quer que as pessoas não religiosas agradecem, por não se encontrar com os sapatos rotos, recheados de jornais velhos daquele russo. O russo ria agora um riso profundo e especialmente alto, que abalou um pouco a tese de Ronel em relação à própria felicidade relativa. "Quem disse?", pensou Ronel, dominado de repente por uma grande verdade diluída em uma quantidade substancial de autopiedade. "Quem disse que o meu destino é melhor do que o dele? Aqui estou no mesmo parque onde ele está bêbado e feliz. E eu não estou nem bêbado nem feliz. Tudo que eu tenho no mundo é um cão que me abandonou, uma esposa que não amo, e um negócio que..." Na verdade, foi o pensamento de seu negócio que o animou um pouco. Este era, afinal, um período de algum crescimento. Na prática, não garantia uma felicidade ilimitada, mas, ainda assim, naquele momento era preferível a jornal forrando os sapatos.

Perto da saída do parque, Ronel notou um rápido movimento de um cão entre os arbustos. Depois de observá-lo por pouco tempo, viu que o objeto de sua esperança despedaçada era a sombra curta e barbuda de Schneider. Ronel, que frequentava o parque apenas durante o dia, ficou surpreso ao ver Schneider ali, tão tarde da noite. Seu primeiro pensamento foi que algum sexto sentido tivesse dito a Schneider que Shechira estava perdido, e ele saíra de casa e se juntara à busca, mas um assobio conhecido refutou esta hipótese romântica. Logo após o assobio surgiu Alma, a bonita dona claudicante de Schneider. Alma, que talvez tivesse vinte e cinco anos, era uma das mulheres mais bonitas que Ronel conhecia e a mais manca de todas. Tinha se ferido em um acidente de carro particularmente bobo, e usara o dinheiro da indenização para comprar um apartamento de cobertura totalmente remodelado na rua Michal. Não há dúvida de que o encontro extremo de Alma com um mau motorista e um excelente advogado (ela até disse a Ronel o nome, mas como ele não tinha em vista nenhum processo por danos, rapidamente o esqueceu) tinha mudado o curso de sua vida. As pessoas costumam dizer que dispensariam qualquer dinheiro no mundo para obter a sua saúde de volta, mas seria mesmo verdade? Alma, tanto quanto se vê da distância de uma coleira, exibia sempre um sorriso verdadeiro, que Ronel tentou imitar para fins comerciais. Ele havia até praticado algumas vezes na frente do espelho antes de desistir e optar por outro mais fácil. O sorriso dela era permanente, um sorriso que pousava em seu rosto, um sorriso padrão, não fixo nem falso, sempre sintonizado com tudo o que estava acontecendo ao seu redor – ele se alargava, diminuía, transformando-se em surpreso ou cínico conforme a necessidade, mas sempre estava lá e sempre descontraído. Foi a tranquilidade daquele sorriso que fez Ronel tentar imitá-lo, reconhecendo sua superioridade como um instrumento de negociação mais eficaz que qualquer outra expressão. Será que ela sorriria daquela forma mesmo se fosse pobre e não tivesse platina na perna? Ou o sorriso seria diferente, menos sereno? Mais assustado diante de um futuro econômico incerto, frente à ameaça da velhice que destruiria a sua beleza perfeita? "Eu não sabia que você e Shechira vinham aqui à noite", disse Alma, gingando para o facho de luz na entrada do parque. "Não costumamos vir", Ronel gemeu desesperado, "Shechira fugiu", disse, mas rapidamente se corrigiu, "quero dizer, ele se perdeu." Schneider olhava ao redor de Ronel com a alegria irritante de um Schnauzer estúpido e não particularmente sensível. "Ele não entende", Alma se desculpou. "Ele fareja Shechira em suas roupas e pensa que ele está aqui." "Eu sei, eu sei", balbuciou Ronel e, de repente e sem motivo, irrompeu em lágrimas. "Mas ele não está. Ele não está aqui. Pode estar morto agora. Atropelado. Ou talvez algumas crianças o estejam torturando em um quintal, apagando cigarros nele, ou quem sabe laçadores de cães da prefeitura o recolheram..." Alma coloca sua mão reconfortante no braço de Ronel. Embora a mão dela estivesse úmida de suor, havia algo agradável naquela umidade, algo suave e vivo. "Os laçadores de cães não trabalham à noite, e Shechira é um cachorro inteligente. Não há chance de ser atropelado. Se fosse Schneider...", ela disse, lançando ao animado schnauzer o olhar triste e amoroso que moças bonitas reservam para as amigas feias, "então teríamos que nos preocupar. Mas Shechira sabe se cuidar. Posso facilmente imaginá-lo agora uivando do lado de fora da entrada de seu prédio. Ou mastigando um osso roubado na entrada do hall."

Mesmo podendo ligar para Niva e perguntar se Shechira tinha voltado, Ronel decidiu ir para casa e verificar por si mesmo. Era perto e, além disso, justamente porque Alma tinha conseguido convencê-lo de que Shechira poderia estar lá, ele não queria dar a Niva o privilégio de lhe contar as boas notícias. "Eu e ela", pensou, "já devíamos ter-nos separado há muito tempo." Certa vez, lembrou-se, olhou para Niva dormindo e imaginou um cenário horrível em que ela morria em um ataque terrorista. E ele lamentaria por tê-la traído e choraria de culpa, ardilosamente disfarçada de tristeza, no estúdio do programa ao vivo *Uma nova noite*. Aquele pensamento tinha sido triste e terrível, mas, para sua surpresa, também lhe fez sentir uma espécie de alívio. Como se eliminá-la de sua vida abrisse um espaço para algo diferente, algo com cores, cheiros e vida. Mas, antes que pudesse se sentir culpado de novo pela sensação de alívio, entrou neste cenário Renana, que, logo após a morte de Niva, apressou-se em ir morar com ele, no início para confortar e apoiá-lo naquela hora de necessidade. Em seguida, simplesmente ficou lá. Ronel continuou a vagar pela fantasia até o ponto em que Renana lhe disse: "Ou eu ou Shechira." E ele escolheu Shechira e permaneceu sozinho. Sem mulher. Sem amor, com exceção do de Shechira, cuja existência só intensificou a terrível solidão que ele chamava de sua vida.

Ronel passou por Shechira quase sem percebê-lo. Ele estava muito ocupado tentando encontrar uma janela iluminada em seu apartamento no terceiro andar. Shechira também estava ocupado, seu olhar velado seguia com admiração as mãos ágeis do vendedor de shawarma, Tarbush, cortando fatias finas de carne do espeto rotativo. Mas quando, por fim, os dois amigos se viram, o encontro foi preenchido com lambidas e emoção. "É um cachorro e tanto", declarou o vendedor, que, agachando-se diante de Shechira, colocou pedaços de carne gordurosa sobre um guardanapo de papel na calçada como um sumo sacerdote fazendo um sacrifício para seu deus. "Quero que você saiba que um monte de cães vêm aqui, e eu não lhes dou nada. Mas este...", ele apontou para Shechira, "diga-me, ele é de origem turca?" "Por que turca?", Ronel perguntou ofendido. "Oh nada", o vendedor se desculpou, "sou de Esmirna, então pensei que... Quando era criança, eu tive um cachorro como ele, um filhote. Mas ele fazia xixi em casa, o que deixava minha mãe furiosa e ela o expulsou, como se o cachorro fizesse de propósito. Mas você, você é um bom homem. Ele fugiu e você nem ficou zangado com ele. É isso aí, cara! Não é como aqueles durões que espancam os seus cães com a guia da coleira, se eles param por um minuto para ver o shawarma girando." O que eles são, nazistas? "Ele não fugiu", Ronel o corrigiu e apoiou a testa cansada nas costas resistentes de Shechira, "ele se perdeu."

Naquela noite, Ronel decidiu escrever um livro. Algo entre uma fábula educativa e um tratado filosófico. A história seria sobre um rei amado por todos os seus súditos que perde algo que preza, não o dinheiro, talvez um filho ou um irmão ou até um pássaro canoro, se ninguém ainda usou isto antes. Por volta da página 100, o livro se transformaria em algo menos simbólico e mais atual que lidaria com a alienação do homem na sociedade contemporânea e ofereceria um pouco de consolo. Na página 160 ou 170, se transformaria em uma espécie de romance de avião em termos de legibilidade, mas de qualidade muito superior. E na página 300, o livro se transformaria em um animal pervertido e agradável ao tato que o leitor poderia abraçar e acariciar, como uma maneira de lidar com a solidão. Ele ainda não havia decidido sobre o tipo de tecnologia que poderia tornar o livro um animal agradável ao tato, mas destacou para si próprio, antes de adormecer, que, nos últimos anos, tanto a biologia molecular como a edição de livros tinham avançado a passos de gigante e que a cooperação entre ambos era simplesmente algo óbvio.

Naquela mesma noite, Ronel teve um sonho em que estava sentado na varanda de sua casa concentrado no jornal diário, em um esforço corajoso e sincero para resolver o enigma da existência humana. De repente seu amado cão, Shechira, apareceu vestindo um terno da moda, cinza, com um osso enorme na boca. Ele colocou o osso aos seus pés e deu a entender a Ronel, com uma inclinação de cabeça, que devia procurar a resposta nas páginas de economia. Depois explicou, em uma voz humana profunda, que soou um pouco como a voz do pai de Ronel, que a espécie humana não é senão um paraíso fiscal. "Paraíso fiscal?", Ronel repetiu, confuso. Shechira anuiu com sua cabeça inteligente e se apressou a contar ao dono como o seu consultor fiscal, um extraterrestre que vivia no seu planeta de origem, o aconselhara a investir seus lucros em uma empresa de caráter ecológico, porque no setor de imposto de renda dos extraterrestres eram loucos por ecologia. E como chegou muito rapidamente, usando algumas empresas de fachada, a todo este campo de desenvolvimento de vida e novas espécies a planetas muito distantes. "De modo geral", Shechira explicou, "todo mundo sabe que não há dinheiro real no desenvolvimento da espécie humana, assim como em qualquer outra espécie. Mas como se trata de um novo campo que é totalmente aberto do ponto de vista de impostos, nada me impede de emitir um monte de recibos." "Eu não acredito nisso",

Ronel negou em seu sonho, "eu me recuso a acreditar que a nossa única função neste mundo é ser um paraíso fiscal com cuja ajuda o meu amado cão pode fazer lavagem de dinheiro." "Antes de tudo", Shechira o corrigiu, "ninguém está falando sobre lavagem de dinheiro aqui. Tudo o que eu ganho já vem limpo, nada de picaretagem. Trata-se de um modo semilegítimo de inflar as despesas. Em segundo lugar, digamos que eu concorde com você e aceite a sua primeira premissa de que a verdadeira função da humanidade não é servir de paraíso fiscal para mim. Então se acompanharmos um pouco mais este artifício argumentativo, que outra função poderia ter?" Shechira se calou por um instante, e quando viu que Ronel não tinha uma resposta em seu arsenal, latiu duas vezes, pegou o osso com a boca e saiu da varanda.

Naquela manhã, também, Ronel acordou com um glorioso tesão e com a lambida não completamente decifrada de Shechira, que corria pelo dormitório sem osso e completamente nu. Não é sexual, foi o primeiro pensamento que veio à mente de Ronel, é sociável, talvez até mesmo existencial. "Shechira, meu amigo", ele sussurrou, tentando conter a imensa alegria que sentia para não acordar Niva. "Você é o único que realmente me ama."

ABRINDO O ZÍPER

Começou com um beijo. Quase sempre começa com um beijo. Ela e Tsíki estavam deitados nus, unidos somente pela língua, quando ela sentiu a espetada. "Feri você?", perguntou Tsíki, e quando ela fez que não com a cabeça, ele se apressou em acrescentar, "Você está sangrando". Realmente ela estava sangrando. Na boca. "Lamento", ele disse e então se levantou da cama e começou uma busca frenética na cozinha. Tirou uma bandeja de gelo do congelador e bateu-a habilidosamente na pia. "Aqui está", Tsíki lhe entregou alguns cubos com a mão trêmula, "ponha na língua. Vamos, pegue, vai estancar o sangramento." Tsíki sempre foi bom nestas coisas. No exército, tinha sido paramédico. Também era guia autorizado. "Desculpe", continuou, meio pálido, "pelo visto mordi você, sabe, no ardor da paixão." "Não faz mal", ela sorriu para ele, com a pedra de gelo no lábio inferior, "ão a'onteceu na'a." O que, naturalmente, era mentira. Porque al'uma 'oisa inha a'ontecido. Não é todo dia que alguém com quem você vive a faz sangrar, e depois ainda mente e diz que a mordeu quando você explicitamente sentiu uma espetada.

Depois disso, eles não se beijaram por vários dias por causa da ferida. Lábios são uma região muito sensível. Além disso, quando o fizeram, foi com cuidado. Ela sentia que ele ocultava algo. E realmente, certa noite ela aproveitou que ele estava dormindo de boca aberta, meteu um dedo delicado sob a língua dele e encontrou aquilo. Um pequeno zíper. Um zipinho. Mas quando ela o puxou, todo o Tsíki dela se abriu como uma ostra, e dentro estava Iurguen. Em contraste com Tsíki, Iurguen tinha uma barbinha de bode, costeletas muito bem aparadas e um pau não circuncidado. Ella o olhou dormindo, dobrou muito silenciosamente o envoltório Tsíki e o escondeu no armário da cozinha, atrás da lata onde guardavam os sacos de lixo.

A vida com Iurguen não era fácil. O sexo era incrível, mas ele bebia muito, e quando bebia dava muitos vexames. Também gostava de fazê-la sentir-se culpada porque, por causa dela, ele tinha partido da Europa e vindo viver aqui. E sempre que neste país acontecia alguma coisa ruim, não importa se ao vivo ou na televisão, ele lhe dizia, "Veja como está o seu país." O hebraico dele era muito ruim e o "seu" dele soava muito acusador. Os pais dela não gostavam dele, e a mãe, que até gostava de Tsíki, o chamava de *goi*, gentio. O pai sempre o questionava sobre trabalho, e Iurguen ria zombeteiro e dizia, "Sr. Shviro, trabalho é como bigode, faz tempo que saiu da moda."

E isto nunca fazia ninguém rir. Certamente não o pai de Ella, que ainda usava bigode.

Por fim, Iurguen partiu. Voltou a Dusseldorf para fazer música e viver de auxílio-desemprego. Neste país, ele disse, jamais conseguiria vencer como cantor porque o sotaque o trairia. As pessoas eram preconceituosas. Não gostavam de alemães. Ella não disse nada, mas no coração sentia que, mesmo na Alemanha, a música estranha e as letras kitsch dele não iriam longe. Ele tinha até escrito uma música sobre ela. Chamava-se "Goddess", e a letra toda era como eles faziam sexo no quebra-ondas e como, ao gozar, ela parecia "uma onda que explode na rocha", e isto era uma citação.

Seis meses depois que Iurguen partiu – ela estava procurando um saquinho para o lixo e encontrou o envoltório Tsíki. Talvez tivesse sido um erro abrir o zíper, ela pensou. Talvez. Nestas questões é difícil dizer com certeza. Naquela noite, quando estava escovando os dentes, lembrou-se de novo daquele beijo, da espetada. Enxaguou a boca com bastante água e olhou para o espelho. Restara uma cicatriz, e, quando a examinou de perto, percebeu, sob a língua, um pequeno zíper. Ella o tocou com a mão hesitante. Tentou imaginar como ela seria por dentro. Isto a encheu de bastante esperança, mas também de medo, principalmente de mãos com manchas e pele seca no rosto. Talvez fizesse uma tatuagem, pensou. De uma rosa. Ela sempre quis fazer uma, mas nunca teve coragem. Parecia ser extremamente dolorido.

O MENINO EDUCADO

O menino educado bateu na porta. Os pais dele estavam brigando, muito ocupados para atender, mas, após algumas batidas, ele entrou de todo modo. "Um erro", o pai disse para a mãe, "é isso que nós somos, um erro. Como naquelas ilustrações que mostram como não fazer algo. Somos assim. Com um 'não!' grande em baixo e um X vermelho sobre a cara." "O que você quer que eu lhe diga?", a mãe disse ao pai, "pois tudo o que eu disser agora depois lamentarei ter dito." "Diga, diga", o pai rosnou, "para que esperar para depois se já pode lamentar agora?" O menino educado tinha um aeromodelo na mão. Ele o construíra sozinho. O manual que acompanhava a embalagem era numa língua que ele não entendia, mas havia ilustrações claras e setas, e o menino educado, cujo pai sempre dizia que tinha mãos boas, conseguiu construir o aeromodelo, seguindo as instruções, sem qualquer ajuda adicional. "Antigamente eu ria", disse a mãe, "ria bastante, todo dia. E agora..." Ela acariciou o cabelo do menino educado distraidamente. "Agora eu já não rio.

É isto." "Isto?", berrou o pai, "é isto? É o seu 'vou lamentar isto depois'? 'Antigamente eu ria'? Grande merda!"

"Que belo avião", a mãe disse e desviou o olhar ostensivamente do pai, "Por que você não vai brincar lá fora com ele?" "Vocês deixam?" perguntou o menino bem educado. "Lógico que deixamos", a mãe sorriu e novamente acariciou o cabelo dele como se acaricia a cabeça de um cachorro. "Quanto tempo posso ficar lá?", perguntou o menino educado. "Quanto você quiser", o pai explodiu. "E se gostar de ficar lá fora, não precisa voltar. Só telefone de vez em quando para a mamãe não ficar preocupada." A mãe se levantou e deu um tapa no pai com toda a força. Foi estranho, porque pareceu que o tapa apenas alegrou o pai, e foi justamente a mãe que começou a chorar. "Vá, vá", disse a mãe, soluçando, ao menino educado, "vá brincar enquanto está claro. Mas volte antes de escurecer." "Talvez o rosto dele seja duro como pedra", o menino educado pensou ao descer a escada, "e por isto a mão dói quando se bate nele."

O menino educado lançou o aeromodelo com toda a força. A peça fez uma acrobacia e continuou a deslizar paralelamente ao chão até se chocar contra um bebedouro. A asa se entortou ligeiramente, e o menino educado esforçou-se para endireitá-la. "Uau", disse uma menina ruiva que ele não notara antes, e lhe estendeu a mão sardenta. "Que avião maneiro. Eu também quero fazer com que ele voe." "Isto não é um avião", o menino a corrigiu, "é um aeromodelo. Avião tem motor." "Tudo bem, deixa eu tentar", a menina ordenou sem tirar a mão, "não seja egoísta." "Primeiro preciso arrumar a asa", esquivou-se o menino educado, "você não está vendo que entortou?" "Egoísta", disse a menina, "tomara que aconteça um monte de coisas ruins com você." Ela franziu a testa na tentativa de pensar em alguma coisa mais específica, e, por fim, quando conseguiu, sorriu: "Que a sua mãe morra. É isso aí, que ela morra. Amém." O menino educado a ignorou, exatamente como tinham ensinado que deveria fazer. Ele era uma cabeça mais alto que a garota, e se quisesse poderia ter-lhe dado um tapa, e isto doeria muito nela, muito mais do que nele, porque o rosto dela com toda a certeza não era de pedra. Mas ele não bateu nem chutou nem atirou uma pedra. Tampouco a xingou de volta. Era educado. "E que também o seu pai morra", a ruiva acrescentou, lembrando-se, "Amém", e foi embora.

O menino educado fez o aeromodelo voar mais algumas vezes. No arremesso mais bem-sucedido, a peça fez três acrobacias completas antes de cair. O sol também já começava a se pôr, o céu estava se tornando avermelhado. O pai lhe dissera certa vez que se a gente olha para o sol por muito tempo sem piscar, pode ficar cego, e por causa disto o menino educado tratava de fechar os olhos de vez em quando. Mas mesmo de olhos fechados, ele continuou a ver o vermelho do céu. Era estranho, e o menino educado estava ansioso para entender aquilo melhor, mas sabia que, se não voltasse para casa, logo a mãe ficaria preocupada. "O sol brilha o dia todo", o menino educado pensou e curvou-se para pegar o aeromodelo da relva, "e eu não me atraso nunca."

Quando o menino educado entrou em casa, a mãe continuava na sala, chorando e apertando a mão. O pai não estava lá. A mãe disse que ele estava no quarto dormindo, porque mais tarde daria plantão, e foi preparar uma omelete para o menino educado jantar. O menino educado empurrou um pouco a porta do dormitório dos pais, que não estava totalmente fechada. O pai estava deitado, vestido e calçado. Estava de bruços, olhos abertos, e quando o menino educado espiou o quarto, ele perguntou sem erguer a cabeça da cama, "Que tal o aeromodelo?" "Legal", disse o menino educado, e quando sentiu que o que tinha dito não era suficiente, acrescentou, "muito legal." "Eu e a mamãe às vezes brigamos e dizemos coisas para magoar um ao outro", disse o pai, "mas você sabe que eu sempre amarei você. Certo? Sempre. Não importa o que se diga." "Sim", concordou o menino educado e começou a sair e a fechar a porta, "Eu sei, obrigado."

MYSTIQUE

O homem que sabia o que eu estava prestes a dizer sentou-se ao meu lado no avião, e deu um sorriso idiota. Isso é o que era mais enlouquecedor nele, o fato de que não era inteligente ou sensível, e ainda assim conseguia dizer todas as coisas que eu queria dizer, três segundos antes de mim. "Vocês têm Mystique de Guerlain?", perguntou para a aeromoça um instante antes que eu conseguisse, e ela lhe deu um sorriso ortodôntico e disse que havia restado apenas um frasco. "Minha mulher é louca por esse perfume. É como um vício para ela. Se eu voltar de uma viagem sem um frasco de Mystique do duty-free, ela me diz que eu já não a amo mais. Se me atrevo a entrar pela porta, sem pelo menos um destes, fico em apuros." Essa devia ser a minha fala, mas o homem que sabia o que eu estava prestes a dizer a roubou de mim sem sequer piscar. Assim que as rodas do avião tocaram na pista, ele ligou o celular, um segundo antes de mim, e chamou a esposa. "Acabei de pousar", ele disse a ela. "Lamento. Sei que era para ter sido ontem. O voo foi cancelado.

Você não acredita em mim? Confira você mesma. Ligue para o Eric. Eu sei que você não tem. Posso lhe dar o número dele agora." Eu também tenho um agente de viagens chamado Eric. Ele mentiria por mim também.

Quando o avião chegou ao portão, ele ainda estava ao telefone, dando todas as respostas que eu teria dado. Sem um traço de emoção, como um papagaio em um mundo onde o tempo flui para trás, repetindo o que está prestes a ser dito em vez do que já foi dito. Suas respostas foram as melhores possíveis, dada a situação. Sua situação não era das melhores, não era mesmo. A minha também não. Minha mulher ainda não tinha recebido minha ligação, mas só de ouvir o homem que sabia o que eu estava prestes a dizer me fez perder a vontade. Só de ouvi-lo eu podia entender que o buraco em que eu estava era tão fundo que, mesmo se eu conseguisse escavar o caminho para sair, seria para uma realidade diferente. Ela nunca iria me perdoar, nunca iria confiar em mim. Jamais. Todas as viagens futuras seriam o inferno na terra, e o tempo entre elas seria ainda pior. Ele continuou a falar e a falar e a falar todas aquelas frases que eu tinha pensado e ainda não tinha dito. Este fluxo não cessava. Ele aumentou a rapidez, mudou a entonação, como um náufrago desesperado para conseguir se manter à tona. As pessoas já tinham começado a descer. Ele se levantou do assento, ainda falando, pegou a pasta com o laptop na outra mão, e começou a se dirigir para a saída. Eu pude ver como ele a deixou para trás, a sacola que tinha colocado no compartimento superior de bagagem. Pude ver como ele a esqueceu, e eu não disse nada. Continuei sentado. Aos poucos, o avião foi se esvaziando. No fim, sobramos eu e uma mulher religiosa gorda com um milhão de filhos. Levantei-me e abri o compartimento de bagagem, como se fosse a coisa mais natural do mundo. Peguei a sacola do duty-free, como se sempre tivesse sido minha. Dentro da sacola de plástico transparente, a nota fiscal e o frasco de Mystique de Guerlain. Minha esposa é louca por esse perfume. É como um vício para ela. Se eu voltar de uma viagem sem um frasco de Mystique do duty-free, ela me diz que eu já não a amo mais. Se me atrevo a entrar pela porta, sem pelo menos um destes, fico em apuros.

ESCRITA CRIATIVA

O primeiro conto que Maya escreveu foi sobre um mundo em que as pessoas se dividem em duas, em vez de se reproduzir. Nesse mundo, cada pessoa pode, a qualquer momento, se transformar em dois seres, cada um com metade de sua idade. Há quem escolha fazer isso quando jovem, mulheres de dezoito anos dividem-se em duas meninas de nove. Outros esperam até se estabelecer profissional e financeiramente, e fazem isto apenas na meia-idade.

A heroína do conto de Maya era alguém indivisível, que já tinha passado dos oitenta e, apesar de todas as pressões sociais, insistia em não se dividir. No final do conto, ela morre. Era um conto bom, exceto pelo final. Havia algo de deprimente, deprimente e previsível. Mas, no workshop elogiaram bastante este final. O professor da oficina, que devia ser um escritor conhecido ou algo assim, embora Aviad nunca tivesse ouvido falar dele, disse-lhe que "na banalidade do final há algo perscrutador", ou qualquer outra bobagem do gênero. Aviad viu quanto este elogio a fez feliz. Ela estava realmente muito emocionada quando lhe contou a respeito, citando a frase do escritor como se recita um versículo da Bíblia. E Aviad, que no início tinha tentado sugerir algo em relação ao final, recuou imediatamente e disse que era tudo uma questão de gosto e que ele realmente não entendia muito daquilo.

Tinha sido ideia da mãe que ela fosse para uma oficina de escrita criativa. Ela contou que a filha de amigos tinha participado de uma no ano anterior e gostado muito. Aviad também sentiu que seria bom para Maya sair mais de casa, fazer alguma coisa para si mesma. Ele podia enterrar-se no trabalho, sempre havia algo que precisava resolver. Mas ela, desde o aborto, ficou presa em casa. Sempre que ele chegava, encontrava-a na sala, sentada assim, ereta. Não lia, não assistia à TV, nem sequer chorava. Quando Maya hesitou sobre o curso, Aviad soube como convencê-la. "Vá uma vez para experimentar", disse ele, "assim como uma criança vai para a colônia de férias." Mais tarde percebeu que tinha sido um pouco insensível usar uma criança como exemplo, depois de tudo o que eles tinham passado dois meses antes. Mas Maya até sorriu com este exemplo, e disse que cairia bem agora uma colônia de férias.

O segundo conto que ela escreveu foi sobre um mundo em que as pessoas podem ver apenas aqueles a quem amam. O protagonista era um homem casado e apaixonado pela esposa. Certo dia, a esposa esbarrou nele no corredor, e o copo que ele segurava caiu e se espatifou no chão. Poucos dias depois, ela se sentou sobre o marido, que cochilava em uma poltrona. Nas duas ocasiões, ela se saiu com uma desculpa: estava justamente pensando em outra coisa, não estava olhando quando se sentou. Mas o marido começou a suspeitar que o amor dela por ele tinha acabado. Para testar esta teoria, ele decidiu fazer algo drástico: raspar o lado esquerdo do bigode. Ele chegou em casa com meio bigode, segurando um buquê de anêmonas. A esposa agradeceu-lhe as flores e sorriu. Ele percebeu como ela tateava o ar para lhe dar um beijo. Maya chamou esta história de "Meio Bigode", e disse a Aviad que, ao lê-la em voz alta na oficina, algumas pessoas tinham chorado. Aviad sorriu para ela e disse: "Minha talentosa", e beijou-a na testa. Naquela mesma noite, eles brigaram por alguma bobagem. Ela esquecera de repassar uma mensagem ou algo assim, e ele gritou com ela. Ele fora o culpado e, no final, se desculpou. "Eu tive um dia infernal no trabalho", disse, acariciando a perna dela em uma tentativa de fazer as pazes. "Você me perdoa?" Ela o perdoou.

O professor de escrita criativa havia publicado um romance e uma coleção de contos. Nenhum foi um grande sucesso, mas tiveram algumas boas críticas. Foi o que a vendedora de uma livraria próxima ao escritório dele disse a Aviad. O romance era muito grosso, 624 páginas. Aviad comprou o livro de contos. Deixou-o na sua mesa e o leu nos intervalos de almoço. Todos os contos da coletânea se passavam no exterior, cada um em um país diferente. Era uma espécie de chamariz. A sinopse na contracapa dizia que o escritor tinha trabalhado durante anos como guia turístico e viajado muito pelo mundo. Havia ali também uma pequena fotografia em preto e branco do autor. Ele tinha o tipo de sorriso presunçoso de alguém que se sente sortudo por ser quem é. O escritor tinha dito a Maya, ela contou para Aviad, que, quando o curso da oficina acabasse, ele iria enviar as histórias dela para o seu editor. E que, embora ela não devesse ter muitas esperanças, nos últimos anos as editoras estavam procurando desesperadamente novos talentos.

Sua terceira história até que começava engraçada. Era sobre uma mulher grávida que dá à luz um gato. O herói da história era o marido, que suspeitava que o gato não fosse dele. Na tampa da caçamba de lixo, bem em frente ao dormitório do casal, sempre cochilava um gato gordo ruivo que lançava olhares depreciativos ao marido cada vez que ele descia para jogar o lixo fora. No final, houve um choque violento entre o marido e o gato. O marido jogou uma pedra no gato, que contra-atacou com mordidas e arranhões. Na fila de vacinação contra tétano aguardavam, junto com o marido ferido, a esposa e o gatinho que ainda era amamentado. O marido estava com dores e humilhado, mas esforçou-se para não chorar. O filhote, sentindo o seu sofrimento, soltou-se do abraço da mãe, foi até ele, lambeu seu rosto com ternura e soltou um miau consolador.

– Você ouviu isso? – perguntou a mãe emocionada.
– Ele disse "papai".

Naquele momento, o marido já não conseguia conter as lágrimas, e Aviad, quando leu essa passagem, teve que se esforçar para não chorar junto. Maya disse que tinha começado a escrever o conto antes mesmo de saber que estava grávida. "Que engraçado", admirou-se, "o meu cérebro ainda não sabia, mas meu subconsciente, sim." Na terça-feira seguinte, quando Aviad deveria buscá-la no curso, chegou meia hora mais cedo, deixou o carro no estacionamento e foi procurá-la na sala de aula. Maya ficou surpresa ao vê-lo ali, e ele insistiu que ela o apresentasse ao escritor. O escritor cheirava a perfume. Ele apertou frouxamente a mão de Aviad e disse-lhe que, se Maya o tinha escolhido para marido, ele devia ser uma pessoa muito especial.

Três semanas depois, Aviad inscreveu-se em um curso de escrita criativa para principiantes. Ele não contou nada a Maya, e, para maior segurança, instruiu sua secretária a dizer, se alguém ligasse de sua casa, que ele estava em uma reunião importante e não poderia ser incomodado. Além dele, havia na classe somente mulheres idosas, que lhe lançavam olhares maldosos. A professora era uma mulher jovem e magra de lenço na cabeça, e as mulheres na sala fofocavam a seu respeito dizendo que ela morava em um assentamento nos territórios ocupados e que tinha câncer. Ela pediu que todos fizessem um exercício de escrita automática. "Escrevam tudo o que lhes

vem à cabeça", disse. "Não pensem, apenas escrevam."
Aviad tentou parar de pensar. Foi muito difícil. As mulheres mais velhas ao seu redor escreveram em ritmo frenético, como alunas que tentam terminar uma prova antes que o professor lhes diga para largar as canetas, e depois de alguns minutos ele também começou a escrever. O conto que escreveu foi sobre um peixe que, certa vez, nadava alegremente no mar, quando uma bruxa malvada o transformou em um homem. O peixe não aceitou a sentença cruel e decidiu perseguir a bruxa malvada e obrigá-la a transformá-lo novamente em peixe. Como ele era um peixe especialmente rápido e empreendedor, conseguiu se casar enquanto a perseguia, e até mesmo criar uma pequena empresa de importação de produtos plásticos do Extremo Oriente. Com a ajuda do seu enorme conhecimento como peixe que havia cruzado os sete mares, a empresa começou a prosperar e até mesmo a ter ações negociadas na Bolsa. Enquanto isso, a bruxa malvada, que estava um pouco cansada depois de todos os seus anos de maldade, decidiu reencontrar todas as pessoas e criaturas que tinha enfeitiçado, pedir-lhes desculpas e restituir-lhes o seu estado natural. Em determinado momento, ela chegou ao peixe que tinha transformado em homem. A secretária do peixe pediu-lhe para esperar até que ele terminasse uma videoconferência internacional com seus sócios em Taiwan. Nessa fase de sua vida, o peixe mal se lembrava de que era de fato um peixe, e sua empresa agora controlava um pouco mais do que metade

do mundo. A bruxa esperou várias horas, mas, quando viu que a reunião não iria acabar tão cedo, subiu na sua vassoura e voou para longe. O peixe continuou a progredir cada vez mais e principalmente a ficar muito ocupado, até que certo dia, quando já estava muito velho, olhou para fora da janela de uma das dezenas de enormes edifícios que comprara em um negócio imobiliário inteligente na faixa litorânea, e viu o mar. De repente, lembrou que era um peixe. Um peixe muito rico que controlava dezenas de empresas subsidiárias negociadas em mercados de ações ao redor do mundo, mas ainda assim, um peixe. Um peixe que, por anos, não tinha provado o sal do mar. Quando a professora viu que Aviad tinha largado a caneta, ela lançou-lhe um olhar indagador. "Eu não tenho um final", ele sussurrou em tom de desculpa, mantendo a voz baixa, de modo a não perturbar as velhas senhoras que ainda estavam escrevendo.

CORIZA

Pai e filho estão sentados junto a uma mesa na sala de atendimento de um acupunturista, aguardando.
O acupunturista entra na sala.
Ele é chinês.
Ele se senta atrás da mesa.
Ele pede ao filho, em um inglês pronunciado esquisito, que coloque as mãos sobre a mesa.
O acupunturista chinês põe os dedos nos braços do filho e fecha os olhos. Em seguida, pede ao filho que ponha a língua para fora.
O filho o faz de maneira desafiadora.
O chinês assente com a cabeça e pede ao filho que se deite na cama de tratamento.
O filho deita-se na cama e fecha os olhos.
O pai pergunta se o filho deve tirar a roupa.
O acupunturista balança a cabeça.
Ele tira da gaveta da mesa agulhas longas e finas e começa a fixá-las no filho.
Uma atrás de cada orelha.

Uma em cada bochecha, perto do nariz.

Uma de cada lado da testa, perto do olho.

O filho geme baixinho, os olhos ainda fechados.

Agora, diz o acupunturista para pai e filho, temos que esperar.

E após o tratamento, o pai pergunta, ele vai se sentir melhor?

O acupunturista dá de ombros e sai da sala.

O pai se aproxima da cama e coloca a mão no ombro do filho.

O corpo do filho se contrai.

Quando o filho estava sendo espetado, ele não se contraiu, mas agora, sim. Meia hora depois, o chinês volta e puxa as agulhas em um movimento rápido.

Ele diz para o pai e para o filho que o corpo do menino está reagindo ao tratamento, e que isso é um bom sinal.

Como prova, ele aponta para os pontos onde as agulhas foram inseridas. Há um círculo vermelho em torno de cada um.

Em seguida, ele se senta atrás da mesa.

O pai pergunta quanto precisa pagar.

Tinha planejado perguntar isso antes do tratamento, mas esqueceu. Se tivesse se lembrado de perguntar antes, estaria em melhor posição para negociar. Não que pretendesse barganhar, pois se tratava da saúde de seu único filho. O único vivo, quer dizer.

O chinês cobra 350 shekels pelo tratamento e diz ao pai que o menino precisará tomar uma medicação, depois das refeições, que custa mais cem.

O chinês explica que o menino precisa de uma série de sessões. Pelo menos dez. Todos os dias, exceto no sábado.

O acupunturista acrescenta que seria melhor se eles pudessem fazer o tratamento no sábado também, mas que ele não trabalha aos sábados porque a esposa não permite.

"Esposa" é praticamente a única palavra além de "coriza" que ele diz em hebraico.

Quando ele diz "esposa", o pai sente uma terrível sensação de solidão.

O pai tem uma ideia estranha.

Ele quer dizer ao acupunturista que precisa ir ao banheiro e, quando trancar a porta, se masturbará.

Ele acha que isso vai lhe trazer algum alívio para esse sentimento de solidão. Ele não tem certeza.

Na medicina chinesa, o esperma é considerado uma forma de energia. Quando se ejacula, a pessoa enfraquece, e é por isso que não é recomendado fazê-lo, especialmente quando já se está fraco.

O pai não sabe de nada disso, e ainda assim desiste da ideia. A solidão é difícil para ele, mas não se sente confortável deixando seu filho sozinho com este chinês.

Todos os dias, exceto no sábado, o acupunturista repete. Ele acha que o pai não estava ouvindo na primeira vez.

O pai paga com notas novas. Exatos quatrocentos e cinquenta. Não é preciso dar troco.

Eles marcam uma sessão para o dia seguinte.

No caminho para a porta, o chinês lhes diz em hebraico, "Fiquem bem, vocês dois".

O filho acha estranho que o chinês diga isso. Afinal, ele é o único que está doente.

O pai não percebe isso. Ele está pensando em outra coisa.

"Esposa", "coriza", "fiquem bem, vocês dois".

"Fiquem bem, vocês dois", "coriza", "esposa".

Não há nada mais estranho do que ouvir um chinês falando hebraico.

AGARRAR O CUCO PELO RABO

O mais difícil é à noite. Não me leve a mal. Não estou dizendo que sinto mais saudade dela à noite, porque não estou com saudade dela. Ponto. Mas à noite, sozinho na cama, penso nela. Não pensamentos ardentes sobre todos os bons momentos que tivemos. Mais como uma foto dela de calcinha e camiseta, dormindo de boca aberta, respirando pesadamente, deixando um círculo de saliva no travesseiro, e de mim olhando para ela. O que eu realmente sentia então, quando olhava para ela? Em primeiro lugar, espanto por não me sentir enojado, e, depois, uma espécie de afeto. Não amor. Afeto. Do tipo que a gente sente em relação a um animal ou a um bebê mais do que em relação a uma companheira. Então choro. Quase todas as noites. E não é choro de arrependimento. Não há do que me arrepender. Ela é que foi embora. Em retrospectiva, a separação foi boa, não só para ela, para nós dois. Ainda melhor, fizemos isso na hora certa, antes que houvesse crianças no meio e tudo se tornasse mais complicado. Então, por que choro? Porque é assim. Quando tiram algo de você, mesmo que seja uma merda, isso dói. Até quando um tumor é removido, resta uma cicatriz. O melhor momento para coçá-la parece ser à noite.

Uzi tem um celular novo, do tipo que recebe atualizações em tempo real do mercado de ações. Quando as ações de sua empresa de informática sobem, o celular toca "Simply the Best", quando descem, ele toca "Hard Rain is Going to Fall". Ele está andando por aí com esse aplicativo há um mês, e ele o faz rir o tempo todo. "Simply the Best" o faz rir mais do que "Hard Rain is Going to Fall", porque, afinal, é mais fácil rir quando o dinheiro cai do céu sobre você do que quando alguém o tira de sua carteira. E hoje, Uzi me explica, é um grande dia, porque ele está planejando investir em um pacote de opções do NASDAQ. Essas opções são chamadas QQQQ, mas Uzi acha mais divertido chamá-las de "Cuco". Se o NASDAQ sobe, o mesmo acontece com elas. E considerando que o NASDAQ, de acordo com Uzi, vai voar a qualquer momento além do teto, tudo o que te-mos a fazer é pegar o cuco pelo rabo e voar com ele para o céu.

Uzi leva vinte minutos para explicar tudo isso, e, quando termina, torna a examinar o visor do celular novo. Quando começou a explicação, o cuco estava em 1.3, e agora já está em 1.55.

– Que coisa chata – lamenta Uzi enquanto come um croissant de amêndoas e espalha migalhas em todas as direções. – Você está percebendo que nessa última meia hora, poderíamos ter ganho mais de 10 por cento sobre o nosso dinheiro?

– Por que continua dizendo que "poderíamos"? – pergunto. – E de que dinheiro está falando? Você acha que tenho dinheiro para colocar nessa coisa?

– Não é preciso colocar muito – diz Uzi. – Se tivéssemos entrado com cinco mil, já estaríamos quinhentos à frente. Mas não entramos. Sabe de uma coisa? Esqueça. Por que estou metendo você nisso? Não entrei. É isso mesmo, no fundo do coração, eu sabia com toda a certeza, do mesmo modo como um bebê sabe que sua mãe sempre vai amá-lo, que NASDAQ iria ultrapassar 1.5.

– Há mães que abandonam os seus bebês – retruco.

–Talvez – murmura Uzi –, mas não a mãe do cuco. Estou lhe dizendo, deveria ter colocado todo o meu dinheiro nisso, mas preferi esperar. Sabe por quê? Porque sou um perdedor.

– Você não é... – Eu tento, mas Uzi já estava no embalo. – Olhe para mim, estou com trinta e cinco anos e não tenho sequer um milhão.

– Apenas há uma semana você me disse que investiu mais de um milhão no mercado – comento.

– Shekels – Uzi bufa desdenhosamente. – O que é um milhão de shekels? Estou falando de dólares. – Uzi engole o último pedaço de croissant com tristeza e lava-o com um gole de Coca Diet. – Olhe ao seu redor – diz –, adolescentes com espinhas no rosto que me serviam café em copos de isopor em *start-ups* criadas por mim agora estão dirigindo BMWs enquanto dirijo um Peugeot 205 como um reles higienista dental.

– Pare de choramingar – digo-lhe. – Acredite, um monte de gente morreria de vontade de trocar de lugar com você.

– Um monte de gente? – Uzi ri, meio malicioso. – Um monte quem? Um monte de desempregados em Sderot? Um monte de leprosos na Índia? O que deu em você, Dedi? Você se tornou alguém que se satisfaz com o mínimo? Parece que o divórcio afetou completamente a sua cabeça.

Uzi e eu nos conhecemos desde que tínhamos cerca de três anos. Muito tempo se passou de lá para cá, mas muita coisa não mudou. Uzi diz que, mesmo então, eu sentia pena de mim mesmo o tempo todo. Quando estávamos no nosso último ano na escola, eu sonhava em ter uma namorada enquanto Uzi já estava tentando ganhar uma bolada. No verão, ele teve a iniciativa de instalar um acampamento para crianças. Seu plano de negócios era simples: dividiu meio a meio com as crianças o dinheiro que recebeu dos pais, e, em troca, as crianças não denunciaram que ele não havia organizado nenhuma atividade, exceto atirar para elas na grama uma bola de futebol surrada e deixá-las tomar água do bebedouro a cada duas horas. Hoje Uzi tem seu próprio apartamento, uma esposa que já foi secretária em alguma empresa-bolha em que ele trabalhava, e uma filhinha gordinha que é a cara dele.

– Se nos divorciarmos agora – diz Uzi –, ela recebe metade. De tudo. Tudo porque fui um otário antes do casamento e não a fiz assinar um acordo pré-nupcial.

Já paguei o café da manhã e agora estamos esperando o troco.

– Você, por outro lado – Uzi continua –, saiu de seu divórcio como um rei. Ela não pegou um shekel.

– Isso porque não havia nada para pegar. – Tento colocar o elogio em perspectiva.

– Por enquanto – Uzi me dá um tapinha no ombro –, por enquanto. E agora que todos os acordos entre vocês dois estão assinados, é o momento perfeito para atacar e ser o único ganhador, como nos sorteios da loteria, sem sócios.

– Sem sócios – repito automaticamente e tomo o último gole do café, o mais doce.

– Sem sócios – Uzi repete. – Só você e eu. Tenho a sensação de que o cuco vai cair um pouco mais, não muito baixo, talvez para 1.35, e então compramos. Compramos na surpresa.

A garçonete não volta com o troco, em seu lugar vem o patrão.

– Desculpe-me – diz ele –, sinto muito incomodá-lo, mas a nota de cem que você deu é falsa. Olhe. – Ele segura a nota contra a luz. – Não é verdadeira.

Pego a nota e olho para a marca d'água. Em vez de um desenho do ex-presidente Ben Zvi, um rosto sorridente rabiscado olha para mim.

– Falsa? – Uzi arrebata a nota da minha mão. – Deixe-me ver – diz ele, e joga ao proprietário outra nota, que ele também examina contra o sol. Enquanto isso, peço desculpas.

– Tomei um táxi para cá e paguei ao motorista com uma nota de duzentos shekels – digo ao proprietário –, e pelo visto ele deve ter empurrado para mim a nota falsa como troco.

– Esta nota é o máximo – diz Uzi. – Vende para mim? Por cem?

– Por que você está tão animado com isso? – pergunto a Uzi. – É falsa.

– Exatamente por isso, seu idiota – diz Uzi, e tira um maço de notas da carteira. – Não falsificadas eu já tenho. Mas falsificada é elegante. Se alguém me atender porcamente, pagarei com a falsificada.

– Está bem, pegue. Cem shekels falsificados como presente.

Agora estamos no carro de Uzi. Acabamos de entrar. Não sei por que lhe contei que choro à noite. Uzi não é exatamente a pessoa com quem compartilhar esse tipo de coisa.

– Não é por causa dela – insisto –, não quero que ela volte.

– Sim, eu sei – murmura Uzi. – Eu a conheço. – Seu celular canta que ele é simplesmente o melhor, mas ele nem sequer olha o visor para ver quanto a ação subiu, apenas aproxima o seu rosto de mim e me encara de perto, como um médico examinando um paciente. – Sabe do que você precisa agora e com urgência? – pergunta. – Um sanduíche etíope da rua Matalon, 56.

– Acabamos de comer – protesto.

– Sanduíche não é comida – Uzi diz, mexendo com a trava do volante. – Sanduíche é uma garota etíope debaixo de você e outra em cima pressionando os seios em suas costas. Tenho que lhe dizer que quando me sugeriram isto pela primeira vez, não me impressionei muito, mas é realmente incrível.

– O que é essa rua Matalon, 56? – pergunto. – Um bordel?

– Não vamos mudar de assunto – diz Uzi, girando a chave na ignição.

– Estamos falando de você agora. Desde que você e Ofra se separaram, você ainda não transou nenhuma vez, já?

Concordo com a cabeça e acrescento:

– Na verdade, nem estou a fim.

– Na vida – Uzi solta o freio de mão –, nem sempre se faz o que se tem vontade.

– Se está tentando me dizer que choro porque não transo, então você está errado – protesto.

– Não estou dizendo isso. – Uzi tamborila o volante com os dedos. – Estou dizendo que você chora porque a sua vida é vazia. Porque ela não tem nenhum sentido ou conteúdo. E quando se está vazio por dentro... – ele toca o próprio peito ligeiramente para a direita do coração –, e se há algum significado ao seu redor, então você coloca um pouco dele dentro de si mesmo, e se não há, ligue-se a um plugue. Só por enquanto, até que o significado chegue dos escritórios do importador. E em casos como esse, um sanduíche etíope é um tremendo plugue.

– Leve-me para casa. Minha vida já é bastante lamentável sem prostitutas.

Mas Uzi já não me ouve. O celular está tocando novamente, um terceiro toque chato e desconhecido programado para as chamadas recebidas. É alguém do banco. Uzi lhe pede que compre 20 mil dólares da QQQQ, que baixou novamente.

– Dez mil para mim e outros dez mil para um amigo.
– Eu lhe faço sinal de "não" com a cabeça, mas Uzi me ignora. E quando desliga, me diz: – Vai se acostumando, Dedi, eu e você, vamos agarrar o cuco pelo rabo.

Através da parede fina posso ouvir o telefone de Uzi cantar que ele é simplesmente o melhor e a voz de uma mulher morrendo de rir. Hoje não havia etíopes na rua Matalon, 56, então Uzi entrou em um quarto com uma menina de peitos grandes que disse em inglês que era tcheca, e eu com uma loira de cabelo pintado, provavelmente russa. Do outro lado da parede, Uzi também está rindo alto agora – acho que uma fatia de sanduíche tcheco também não é um plugue ruim. O nome da loira é Maria, e ela me pergunta se quero ajuda para tirar a roupa. Digo que não será necessário, que estou ali só por causa do meu amigo louco, e que, quanto a mim, podemos apenas ficar sentados juntos até que Uzi acabe, e então sair, sem transar. "Não transar?" Maria tenta entender, "Chupar?" Do outro lado da parede, o celular de Uzi continua tocando que ele é simplesmente o melhor. Algo de bom está acontecendo por lá. Maria desabotoa minha calça e digo a mim mesmo que se eu falar que não quero, ela se sentirá insultada. Sei que não é verdade, mas faço um esforço para acreditar. Talvez Uzi esteja certo e tudo o que preciso agora é de um plugue. Enquanto Maria está em ação, tento inventar uma vida para ela, feliz, prostituiu-se por opção. Uma vez vi um filme assim, sobre uma prostituta francesa, encantadora e feliz. Talvez Maria seja assim, só que russa. Quando olho para baixo, tudo o que posso ver dela é o cabelo. De vez em quando, levanta a cabeça e pergunta "Está bom assim?", e eu concordo embaraçado. Isto vai acabar logo.

Durante a meia hora que passamos na rua Matalon, 56, o cuco voou pelo teto. Até retornarmos à rua ensolarada, já tinha chegado a 1.75, o que, de acordo com Uzi, nos dá 100% sobre o nosso dinheiro. E assim o cuco continua a cortar o céu azul como uma pipa, com a gente logo atrás, segurando-lhe o rabo com força, tentando não cair.

ESCOLHA UMA COR

Um homem negro se mudou para uma rua de brancos. Morava em uma casa preta com uma varanda preta onde costumava sentar-se todas as manhãs e tomar o seu café preto. Até que em uma noite escura, seus vizinhos brancos entraram em sua casa e o espancaram violentamente. Fizeram-no em pedaços. Ficou ali enrolado como um cabo curvo de guarda-chuva em uma poça de sangue negro, e eles continuaram a espancá-lo. Até que um deles começou a gritar que era bom parar porque, se ele morresse de repente em suas mãos, eles poderiam acabar na prisão.

O homem negro não morreu nas mãos deles. Uma ambulância chegou e o levou para bem longe, para um hospital encantado no topo de um vulcão inativo. O hospital era branco. O portão era branco, as paredes dos quartos eram brancas, assim como os lençóis. O negro começou a se recuperar. A se recuperar e a se apaixonar. A se apaixonar pela enfermeira branca, de uniforme branco, que cuidou dele com a maior devoção e bondade. Ela também o amava. E o amor deles se fortaleceu, exatamente como ele, a cada dia que passava; fortaleceu-se e aprendeu a sair da cama e a se arrastar. Como um bebê. Como uma criancinha. Como um homem negro que tinha sido espancado.

Casaram-se em uma igreja amarela. Um padre amarelo os casou. Seus pais amarelos tinham chegado àquele país em um navio amarelo. Eles também haviam sido espancados por seus vizinhos brancos. Mas o padre não falou sobre isso com o homem negro. Mal o conhecia e, de qualquer maneira, não parecia ser realmente o melhor momento para dizer algo, havia a cerimônia e tudo mais. O padre amarelo planejou dizer que Deus os ama e deseja-lhes tudo de melhor. Ele não tinha plena certeza dessas coisas, apesar de ter tentado muitas vezes se convencer disso. Que Deus ama a todos e deseja a todos apenas o melhor. Mas naquele dia, quando casou o homem negro espancado que ainda não tinha nem trinta anos e já estava coberto de cicatrizes e sentado em uma cadeira de rodas, foi mais difícil para ele acreditar. "Deus ama vocês", ele finalmente disse. "Deus ama vocês e deseja-lhes tudo de melhor", disse e envergonhou-se.

O homem negro e a mulher branca viveram juntos e felizes. Até que um dia, quando a mulher voltou do armazém, um homem marrom, com uma faca marrom, que a esperava na escada disse a ela que entregasse tudo o que tinha. Quando o homem negro chegou em casa, encontrou-a morta. Ele não entendeu por que o homem marrom a esfaqueara, ele poderia simplesmente ter pego o dinheiro dela e fugido. O funeral teve lugar na igreja amarela do sacerdote amarelo, e quando o homem negro o viu, agarrou-o pelo manto amarelo e disse: "Mas você disse. Você nos disse que Deus nos ama. Se Ele nos ama, por que fez tudo isso?" O sacerdote amarelo tinha uma resposta pronta. Uma resposta que tinham lhe ensinado ainda no seminário. Algo sobre os misteriosos caminhos de Deus e que, agora que a mulher estava morta, ela certamente está mais perto d'Ele. Mas em vez de usar essa resposta, o padre começou a praguejar. Amaldiçoou Deus violentamente. Insultos ofensivos e dolorosos que nunca tinham sido escutados antes no mundo. Maldições tão ofensivas e dolorosas que até Deus se sentiu ofendido.

Deus entrou na igreja amarela pela rampa para deficientes. Ele também estava em uma cadeira de rodas, também já havia perdido alguém certa vez. Ele, Deus, era prateado. Não o prateado brilhante de uma BMW, era um prateado fosco. Uma vez, quando Ele estava deslizando entre as estrelas prateadas com sua amada prateada, um bando de deuses dourados os atacou. Quando eram crianças, Deus havia espancado um deles, um deus dourado baixo e mirrado, e agora este deus tinha crescido e voltado com seus amigos. Os deuses dourados bateram n'Ele com bastões dourados de sol e não pararam enquanto não acabaram de quebrar cada um dos ossos do Seu corpo divino. Levou anos até que Ele se recuperasse. A amada nunca se recuperou. Tornou-se um vegetal. Conseguia ver e ouvir tudo, mas não conseguia dizer nada. O Deus prateado decidiu criar uma raça à Sua própria imagem, assim ela assistiria para passar o tempo. Esta raça realmente se parecia com Ele: golpeava e vitimava exatamente como Ele. E a amada prateada, de olhos arregalados, olhava extasiada por horas as pessoas daquela raça, olhava sem derramar sequer uma lágrima.

"O que é que você acha?", o Deus prateado, frustrado, perguntou ao padre amarelo, "Acha que criei vocês assim pois foi o que escolhi? Que sou uma espécie de pervertido ou sádico que curte todo este sofrimento? Criei vocês assim porque isto é o que eu sei. É o melhor que posso fazer."

O padre amarelo se pôs de joelhos e implorou Seu perdão. Se à sua igreja tivesse vindo um deus mais forte, ele certamente continuaria a xingar mesmo que tivesse que ir para o inferno por conta disso. Mas ver o Deus prateado, aleijado, despertou nele arrependimento e dor, e ele realmente desejou ser perdoado. O homem negro não se pôs de joelhos. Com a parte inferior do corpo paralisada, já não era capaz de fazer coisas assim. Continuou sentado na sua cadeira de rodas e imaginou uma deusa prateada em algum lugar do céu olhando para ele de olhos arregalados. Foi dominado então por uma sensação de propósito, e até de esperança. Ele não conseguiu explicar para si mesmo por quê, mas o pensamento de que sofria exatamente como um deus fez com que se sentisse abençoado.

MANCHA ROXA

Na emergência disseram que o osso estava fraturado e que o músculo quase se rompera em dois lugares. Algumas pessoas, o médico lhe contou, podem sair de uma colisão frontal a 80 quilômetros por hora sem um arranhão. Ele se lembrava de um homem que tinha chegado ao pronto-socorro, um sujeito gordo que tinha caído do terraço do apartamento no terceiro andar no asfalto, e ficado apenas com uma marca roxa no traseiro. É tudo uma questão de sorte. O que ela, aparentemente, não teve. Um passo mal dado nas escadas, um tornozelo que torceu para o lado errado, e lá estava ela, no hospital, engessada.

Um homem que parecia árabe enrolou as compressas úmidas em torno de seu pé. Disse que era apenas um estagiário e que, se ela quisesse, poderia esperar pelo médico para aquele procedimento, mas que levaria pelo menos mais uma hora, porque estavam sobrecarregados. Quando terminou de engessar, ele disse a ela que, por ser verão, iria coçar o tempo todo. Ele não lhe deu nenhuma sugestão sobre o que fazer em relação a isso, só informou. Poucos minutos depois, a coceira começou.

Se não fosse pelo gesso, ela não estaria em casa quando David ligou. Se não fosse pelo gesso, ela estaria no trabalho. Ele disse que estava em Tel Aviv, tinha vindo a Israel apenas por uma semana, para algum congresso. Algo a ver com a Agência Judaica. Disse que estava se desgastando nessas conferências e que queria vê-la, e ela disse que tudo bem. Se não fosse pelo gesso, ela teria se livrado disso com alguma desculpa, mas estava entediada. Se ele viesse, ela pensou, haveria a emoção do antes. Escolheria uma blusa diante do espelho, faria as sobrancelhas. Então, quando ele chegasse, provavelmente nada iria acontecer, mas ela, de todo modo, já teria curtido a preparação. Além disso, não teria nada a perder. Com qualquer outra pessoa, ela ficaria preocupada em ser desapontada, mas com Davi não havia mais nada com que se preocupar. O cara já a decepcionara na última vez em que haviam se encontrado, encheu-lhe a cabeça dizendo o quanto a amava e, depois de se excitarem um pouco, ela o masturbou e adormeceu vestida na cama do hotel dele. Ele não telefonou no dia seguinte, nem no outro. Depois de dois dias, ela parou de esperar. Sabia que ele tinha voltado para Cleveland ou Portland, ou qualquer que fosse o nome da cidade dele nos Estados Unidos. E doeu. Doeu como quando alguém vê você na rua e finge não reconhecê-lo. Se ela o encontrasse na rua, em Cleveland ou em

Portland, ou onde quer que fosse, e ele estivesse lá com a namorada, isto é o que teria acontecido com certeza.

Naquela ocasião, ele tinha lhe contado sobre a namorada. Disse-lhe que iam se casar. Ela não podia dizer que ele lhe escondera isto. Mas havia algo na maneira como ele falou que a fez sentir que tudo o que ele tinha contado era verdade até o momento em que a encontrara, e que agora a vida dele estava tomando um rumo totalmente novo, um rumo que também a incluía. Mas ela deve ter se enganado, ou ele deve ter lhe dado a impressão errada. Depende de como você olha para isso. E do estado de espírito em que ela se encontrava quando imaginava os dois juntos no hotel. Às vezes dizia a si mesma, caia fora, sua idiota. Ele é norte-americano, o que você esperava? Você acha que ele iria jogar fora a vida dele lá, o emprego no tal centro comunitário sobre o qual ele tentou lhe contar, e viria para cá trabalhar como barman ou entregador por sua causa? Mas houve outras vezes em que ela ficou com raiva. Ele não era obrigado a usar aquela palavra "amor". Poderia ter dito apenas que se sentia atraído por ela, ou que estava com tesão, bêbado e longe de casa. Havia uma grande chance de ela ter-lhe batido uma punheta, mas não teria ficado plantada em casa por dois dias, esperando o telefone tocar. Ela não tinha celular naquela ocasião, simplesmente sentava e ficava esperando. Além disso, era verão, e no seu apartamento não havia ar-condicionado. O ar da sala não se movia, e durante todo o dia ela tentou ler um livro, *Submundo*, de Don DeLillo, mas, no final do dia, ainda estava no primeiro capítulo. Não se lembrava de nada que tinha lido. Algo sobre um jogo de beisebol. Ela nunca mais voltou a ler aquele livro depois disso, e David não ligou. Mas agora, quase um ano depois, ele de repente o fez, e quando perguntou se poderia vir, ela disse que tudo bem. Principalmente porque não queria que ele percebesse que uma parte dela tinha sido ferida. Ela não queria que ele se sentisse suficientemente importante a ponto de ela não querer vê-lo novamente.

Ele trouxe uma garrafa de vinho e uma pizza. Metade azeitona e metade anchova. Nem sequer telefonou para perguntar o que ela queria, ou se ao menos estava com fome. Mas a pizza estava muito boa. O vinho era branco e estava quente, mas não tiveram paciência de esperar gelar, então eles o tomaram com cubos de gelo. "Uma garrafa de cem dólares", disse ele, rindo, "e nós bebendo como se fosse Coca Diet." Pelo visto, quis que ela soubesse que tinha gasto uma nota no vinho. Desde aquela noite, ele disse, tenho andado com uma sensação ruim. Sinto-me um merda. Deveria ter telefonado na manhã seguinte para me explicar. Aliás, eu deveria ter cuidado para que aquilo não acontecesse. Sinto muito. Ela acariciou o rosto dele, de modo não sedutor, mais como uma mãe que consola o filho que acabou de confessar que colou na prova, e disse-lhe que não fora tão terrível. Sim, ela de fato tinha pensado nele. Tinha se perguntado por que ele não tinha telefonado. Mas, em todo caso, ele não devia se sentir mal com isso. Desde o início havia lhe contado que tinha uma namorada.

David contou que já haviam se casado. Quando voltou de Israel, Karen, esse era o nome dela, contou-lhe que estava grávida e eles tinham que decidir entre um aborto ou ficar juntos. Quando Karen falou sobre isso, assim que ele desceu do avião, David ainda tinha o cheiro dela em seu cabelo. Desde a noite em que dormiram juntos, ele não tomara banho, para que o cheiro permanecesse. Eles tinham que decidir entre o aborto ou ficar juntos, Karen lhe disse. E ele não quis ficar junto. Por causa dela, por causa daquela noite. Mas também não queria que Karen abortasse. Era difícil explicar. Ele não era religioso nem nada. Mas a ideia de um aborto parecia tão irreversível, e o deixou muito desconfortável. Então, ele lhe propôs casamento. Um bebê que nasce também é irreversível, ela lhe disse agora, em tom de brincadeira, e ele se encolheu, e disse que sabia disso. E, no mesmo fôlego, acrescentou que era uma menina, e que era a coisa mais maravilhosa que já tinha acontecido com ele. Mesmo que ele e Karen se divorciassem, disse, algo que não acreditava que fosse acontecer, porque estavam indo bem, mas mesmo se isso acontecesse, ele era feliz por Karen não ter abortado. Sua menina era incrivelmente adorável. Na sexta-feira ela faria exatamente cinco meses, e, desde o nascimento, era a primeira vez que ele viajava. Quase decidiu não vir a esta conferência. Deve ter mudado de ideia umas cinco vezes pelo menos, mas, por fim, pegou o avião e veio. Principalmente para vê-la. Para dizer que lamentava.

"Vim aqui para pedir-lhe desculpa", disse ele. Ela teve vontade de lhe dizer que ele estava exagerando. Fazendo muito barulho por pouca coisa. Mas depois de outro silêncio arrastado, disse que o perdoava. Que nunca estivera em sua situação, mas o entendia perfeitamente. E que apenas lamentava ele nunca ter ligado. Assim, para dizer adeus antes de embarcar. "Se eu tivesse telefonado", ele disse, "teria voltado. E se tivesse voltado, teria me apaixonado por você. Fiquei com medo." E ela, se quisesse fazê-lo sentir-se mal, poderia ter mencionado que, já naquela época, naquela primeira noite, ele dissera que a amava, mas, em vez disso, ela apenas acariciou sua grande mão que estava pousada sobre a mesa. Depois eles foram para a sala, assistiram a um episódio de *Lost* e acabaram com o vinho. Três anos antes, quando engravidara de Guiora, ela nem sequer perguntou se ele queria que fizesse um aborto ou que ficassem juntos. Simplesmente foi sozinha fazer o aborto. Dois meses depois, eles se separaram. Este David devia amar Karen um pouco mais do que ela amara Guiora. Ou então ele a odiava menos. Ela sabia que esta noite poderia terminar onde ela queria que terminasse, e isso fez com que se sentisse forte. Se ela continuasse um pouco até que ficasse tarde e dissesse que estava cansada, ele iria embora sem tentar coisa alguma. Se ela olhasse para ele e sorrisse, ele a beijaria. Ela sentiu isso. Mas o que realmente queria? Que ele voltasse para o hotel com tesão, se masturbasse e pensasse nela, pensasse em como as coisas tinham dado certo? Ou que ele passasse a noite com ela e no dia seguinte se sentisse um merda? Ela mudava de ideia a todo instante. Esqueça-o, dizia para si mesma, esqueça-se dele e de como ele se sentirá. Pense em si mesma. O que é que você quer?

Agora, por causa do gesso, ir ao banheiro era uma enorme produção. Tinha que pular em uma perna só e manter o equilíbrio. David não permitiu. Pegou-a nos braços, como um bombeiro salvando-a de um prédio em chamas ou um noivo carregando-a porta adentro na noite de núpcias. Enquanto ela fazia xixi, ele esperou por trás da porta e depois a levou para a sala. No momento que voltaram, o seriado tinha acabado. David contou-lhe o final. Já tinha assistido. Nos Estados Unidos era exibido uma semana antes. Não contou que já tinha assistido, porque não se importava de assistir a ele de novo com ela. De qualquer modo, não era muito ligado em TV. Na primeira vez, também só tinha assistido porque Karen era viciada em seriados. Está quente em seu apartamento, disse ele. Quente de matar. Ela lhe disse que sabia. O proprietário tinha baixado sessenta shekels do aluguel mensal, para ela e sua companheira de apartamento, justamente porque não havia ar-condicionado. Desde que tinha quebrado a perna, estava presa ali, ela disse. No hospital, eles tinham lhe dado um par de muletas, mas quem tem força para descer quatro lances de escadas com muletas? Antes que ela percebesse o que estava acontecendo, ele a pegou e girou sobre seu ombro, como um saco de farinha, e desceu os quatro andares.

Levou-a assim para o parque Meír e ali se sentaram em um banco e fumaram um cigarro. Lá também estava quente e úmido, mas pelo menos havia uma brisa para secar o suor. Era importante para mim que você me perdoasse, disse ele. Extremamente importante. Não consigo nem explicar o porquê. Não é que eu nunca tivesse me comportado antes como um merda com as garotas que namorei, mas com você ... E começou a chorar. Ela levou um instante para perceber o que estava acontecendo. No início, pensou que ele estivesse tossindo, ou sufocado ou alguma outra coisa, mas ele estava simplesmente chorando. Pare com isso, seu idiota, ela disse, meio sorrindo. As pessoas estão olhando. Vão acabar pensando que eu lhe dei o fora, que parti seu coração. Sou um idiota, David disse, eu realmente sou. Eu poderia ter... você nunca foi a Cleveland, não é? Falar de Cleveland e falar de Tel Aviv. Ela sabia o que ele queria falar, falar sobre Karen ou falar sobre ela, e estava feliz que ele não fizesse isso.

Eles subiram os quatro lances de escada muito lentamente. Ele já não tinha força para carregá-la, então simplesmente ela se apoiou nele e mancou, degrau a degrau. No momento em que chegaram à porta, os dois estavam suando, e dentro do gesso, a coceira enlouquecedora começava de novo. Você quer que eu vá?, ele perguntou, ela balançou a cabeça num gesto de não, mas sua boca disse que achava que seria uma boa ideia. Mais tarde, na cama, de frente para o ventilador, ela tentou resumir para si tudo o que tinha acontecido nesta história. Um americano e uma israelense se encontram totalmente por acaso. Uma noite agradável. Um pouco de saliva na palma da mão esquerda dela deslizando para cima e para baixo no pau de David. E duas pessoas, em dois lados do oceano, acabam levando consigo todos esses detalhes não muito importantes por quase um ano. Algumas pessoas caem do terceiro andar de um edifício e ficam apenas com uma mancha roxa no traseiro. Outras fazem um movimento errado quando descem a escada e acabam no hospital, com gesso. Pelo visto, ela e David pertenciam ao segundo tipo.

O QUE TEMOS NOS BOLSOS?

Um isqueiro, uma pastilha para tosse, um selo postal, um cigarro amassado, um palito de dente, um lenço de pano, uma caneta, duas moedas de cinco shekels. Isso é apenas uma fração do que eu tenho nos bolsos. Então é de se admirar que estejam tão estufados? Muita gente me chama a atenção sobre isto. Eles me dizem: "Puta merda, que você tem nos bolsos?" Na maioria das vezes eu não respondo, apenas sorrio, às vezes até dou uma risada curta e educada. Como se alguém tivesse me contado uma piada. Se persistissem na pergunta, provavelmente eu iria mostrar-lhes tudo o que tenho ali, poderia até mesmo explicar por que preciso ter todas essas coisas comigo, sempre. Mas eles não fazem isso. Puta merda, um sorriso, uma risada curta, um silêncio constrangedor, e já estamos no assunto seguinte.

O fato é que tudo o que tenho nos bolsos é cuidadosamente escolhido para que eu esteja sempre preparado. Tudo está lá para que eu possa estar em vantagem no momento exato. Na verdade, não é bem assim. Tudo está lá para que eu não fique em desvantagem no momento exato. Porque que tipo de vantagem um palito de dente de madeira ou um selo postal podem realmente proporcionar? Mas se, por exemplo, uma garota bonita – sabe de uma coisa, nem bonita, apenas charmosa, uma garota de aparência comum, mas com um sorriso fascinante de tirar o fôlego – te pede um selo, ou nem sequer pede, se apenas está na rua parada ao lado de uma caixa vermelha de correio em uma noite chuvosa com um envelope sem selo na mão e pergunta se você sabe onde há um posto de correios aberto àquela hora, e, em seguida, tosse um pouco porque está com frio, mas também desesperada, uma vez que, no fundo do seu coração, sabe que não há nenhuma agência de correio aberta na região, com certeza não naquela hora, e nesse momento, nesse exato momento, ela não vai dizer "Puta merda, que você tem nos bolsos?", mas ficará muito grata pelo selo, talvez nem mesmo grata, ela vai apenas sorrir aquele seu sorriso fascinante, um sorriso fascinante em troca de um selo postal – eu estaria pronto a fechar um negócio destes em qualquer momento da minha vida, mesmo que o preço dos selos suba e o preço dos sorrisos despenque.

Após o sorriso, ela vai dizer obrigada e tossir de novo, por causa do frio, mas também porque está um pouco envergonhada. E vou oferecer-lhe uma pastilha para tosse. "O que mais você tem nos bolsos?", ela perguntará, mas de forma suave, sem o "puta merda" e sem a negatividade, e vou responder sem hesitar: tudo o que você precisar, meu amor. Tudo o que você precisar.

Então agora vocês já sabem. É isso o que eu tenho nos bolsos. Uma chance de não estragar tudo. Uma mínima chance. Não grande, nem mesmo provável. Sei disso, não sou estúpido. Uma mínima chance de, vamos dizer, quando a felicidade chegar, poder dizer "sim" a ela, e não "Desculpe, eu não tenho um cigarro / palito / moeda para a máquina de refrigerantes". É isso o que eu tenho ali, cheio e estufado, uma mínima chance de dizer sim e não me lamentar.

CARMA RUIM

"Quinze shekels por mês podem garantir para a sua filha cem mil, caso você, Deus o livre, morra. Você sabe a diferença que cem mil fariam para uma jovem órfã? É exatamente a diferença entre uma profissão de quem tem nível superior e de quem é recepcionista no consultório de um dentista."

Desde o acidente, Oshri começou a vender apólices como um doido. Não ficou claro se isso tinha a ver com o fato de mancar um pouco ou com a paralisia no braço direito, mas as pessoas que participavam de uma reunião com ele eram convencidas e compravam tudo que ele tinha a oferecer: seguro de vida, perda de capacidade de trabalho, seguros de saúde complementar, tudo. No começo, Oshri ainda insistia na sua velha história daquele iemenita que foi atropelado por uma van de sorvete no mesmo dia em que tinha feito seguro com ele, ou naquela do fulano do subúrbio que tinha rido quando Oshri lhe ofereceu um seguro de saúde e um mês mais tarde ligou aos prantos, depois de ter acabado de receber um diagnóstico de câncer no pâncreas. Mas logo ele percebeu que sua própria história pessoal superava todas as outras. Lá estava ele, Oshri Sivan, corretor de seguros, sentado em um café no jardim público com um potencial cliente quando de repente, no meio da conversa, um jovem que tinha decidido acabar com a própria vida salta do décimo primeiro andar do prédio ao lado deles, e bum! cai sobre a cabeça de Oshri. A queda mata o jovem, e Oshri, que acabara de contar a história do iemenita e da van de sorvete para outro cliente relutante, perde a consciência no local. Ele não voltou a si quando jogaram água em seu rosto, nem na ambulância. Não acordou na sala de emergência, nem mesmo na UTI. Ele está em coma. Os médicos não sabem o que irá acontecer com ele. Sua mulher, sentada junto à cama, chora sem parar, e o mesmo acontece com sua menininha. Assim se passam seis semanas, até que, de repente, ocorre um milagre: Oshri sai do coma como se nada tivesse acontecido. Ele simplesmente abre os olhos e se levanta. E junto com este milagre vem uma amarga verdade: nosso Oshri não praticava o que pregava. E como nunca tinha feito um seguro para si mesmo, não pôde pagar as prestações da hipoteca, teve que vender seu apartamento e se mudar para um alugado. "Olhe para mim", Oshri terminava sua história triste, com uma tentativa fracassada de mover o braço direito. "Olhe para mim, sentado aqui com você neste café, cuspindo sangue para vender-lhe uma apólice. Se ao menos eu tivesse poupado trinta shekels por mês. Trinta shekels, o que é realmente nada – apenas um ingresso para a matinê sem a pipoca – e agora estaria deitado na cama como um rei, com duzentos mil shekels em minha conta. Eu já tive a minha chance e estraguei tudo, mas você não. Aprenda com o meu erro, Moti. Assine aqui e pronto. Quem sabe o que poderá cair em cima da sua cabeça daqui a cinco minutos." E este Moti ou Yigal ou Micky ou o Tsadok que se sentaram à sua frente lhe cravavam um olhar por um instante e, em seguida, pegavam a caneta que ele lhes estendia com o braço bom e assinavam. Todos. Cada um deles, sem reclamar. E Oshri se despedia deles com uma piscadela, pois como seu braço direito está paralisado, fica impossível dar um aperto de mão, e ao sair ele fazia questão de deixar escapar algo sobre como tinham feito a coisa certa. E assim, sem muito esforço, a sofrida conta bancária de Oshri Sivan rapidamente começou a se recuperar, e, ao longo de três meses, ele e a mulher compraram um novo apartamento com uma hipoteca muito menor do que aquela que tinham antes do acidente. E com toda a fisioterapia que fazia na clínica, até mesmo seu braço começou a melhorar, embora nos encontros, quando os clientes lhe estendiam a mão, ainda fingisse que não conseguia movê-lo.

"Há azul, amarelo e branco e um sabor doce suave na minha boca. Há algo pairando acima de mim. Alguma coisa boa, e eu estou a caminho dela. A caminho dela."

À noite, ele continuava a sonhar com isso, não com o acidente. Com o coma. Era estranho, mas mesmo já tendo se passado muito tempo desde então, ele ainda se lembrava, até o último detalhe, de tudo o que tinha sentido durante aquelas seis semanas. Lembrava-se das cores, do sabor e do ar frio que lhe gelava o rosto. Lembrava-se da ausência de memória, a sensação de existir sem um nome e sem história, só no presente. Seis semanas inteiras de tempo presente. A única coisa que sentiu além do presente foi essa pequena germinação de um futuro, uma espécie de otimismo inexplicável que envolveu esta nova e estranha sensação de existência. Durante aquelas seis semanas, ele não sabia como se chamava, ou que era casado e pai de uma menininha. Não sabia que tinha havido um acidente ou que estava no hospital agora, lutando pela vida. Não sabia nada, exceto que estava vivo. E este fato isolado o encheu de enorme felicidade. No geral, a experiência de pensar e de sentir dentro daquele nada foi mais intensa do que qualquer coisa que já acontecera com ele antes. Como se todos os ruídos de fundo tivessem desaparecido e o único som restante fosse verdadeiro, puro e bonito ao ponto de lágrimas.

Ele não queria conversar sobre isto com a mulher nem com qualquer outra pessoa. Você não deveria desfrutar de tanta alegria por ter estado perto da morte. Você não deveria ficar emocionado com o seu coma, enquanto sua esposa e filha estão se derramando em lágrimas à sua cabeceira. Então, quando perguntaram se ele se lembrava de algo, ele disse que não, não se lembrava de nada. Quando ele acordou e a esposa perguntou se, durante o coma, tinha sido capaz de ouvi-la e a Meital, sua filha, falando com ele, ele disse que mesmo não se lembrando de tê-las ouvido, sabia que isso tinha ajudado, que, no nível inconsciente, lhe dera força e desejo de viver. Foi o que disse a ela, mas não era verdade porque durante o coma ele realmente, algumas vezes, ouviu vozes do lado de fora. Vozes estranhas, agudas, mas, ao mesmo tempo, indefinidas, como sons que se ouve quando se está debaixo de água. E ele não gostou nada daquilo. Aquelas vozes soavam ameaçadoras para ele, testemunhando que havia algo além do presente agradável e colorido no qual estava vivendo. Só quando acordou entendeu que aquelas vozes eram delas.

"Que vocês nunca mais saibam de tristeza."

Na primeira semana Oshri não pôde comparecer à visita de condolências à família do rapaz que tinha caído em cima da sua cabeça nem à cerimônia de inauguração da lápide do túmulo. Mas quando o primeiro aniversário de morte chegou, ele compareceu, com flores e tudo. No cemitério havia apenas os pais do rapaz, a irmã e um amigo gordo da escola. Eles não sabiam quem era Oshri. A mãe pensou que ele fosse o chefe do filho, cujo nome também era Oshri. A irmã e o amigo gordo pensaram que fosse um amigo dos pais. Depois que todos colocaram pedrinhas sobre o túmulo e a mãe começou a fazer algumas perguntas, Oshri explicou que ele era aquele sobre o qual Nati – este era o nome do rapaz – tinha caído quando pulou da janela. Assim que a mãe ouviu isso, começou a se desculpar, e não parou mais de chorar. O pai tentou acalmá-la, ao mesmo tempo que lançava olhares desconfiados a Oshri. Após cinco minutos de choro histérico da mãe, o pai disse a Oshri com firmeza como lamentava tudo o que tinha acontecido, e que Nati também, se ainda estivesse vivo, lamentaria muito, mas que agora seria melhor para todos se Oshri fosse embora. Oshri concordou de imediato e rapidamente acrescentou que agora já estava quase bom e que não tinha sido tão terrível, certamente não quando comparado com o que os pais de Nati haviam passado. O pai o interrompeu no meio da frase e disse: "Você está planejando nos processar? Porque se estiver, perderá o seu tempo. Ziva e eu não temos um centavo, está me ouvindo? Nenhum centavo." Estas palavras fizeram com que a mãe chorasse com mais força, e Oshri murmurou alguma coisa reafirmando que não tinha queixas contra ninguém, e foi embora. Na entrada do cemitério, quando estava colocando o solidéu de volta na caixa de madeira, a irmã de Nati se aproximou dele e pediu desculpas pelo pai. Na verdade, não exatamente se desculpou, apenas disse que o pai era um idiota e que Nati sempre o odiara. Seu pai sempre achou que todos queriam apenas foder com ele e, no final, foi o que realmente aconteceu, quando uns meses antes o sócio fugira com o dinheiro. "Se Nati tivesse visto isto, teria explodido de rir", disse a irmã e se apresentou. O nome dela era Maayan. E Oshri não apertou sua mão, como de hábito. Depois de um ano fingindo para os clientes que seu braço estava completamente paralisado, às vezes, mesmo quando estava sozinho em casa, esquecia-se de que poderia usá-lo. E Maayan, no auge da naturalidade, substituiu o aperto de mão por um leve toque no ombro, um toque que, depois de dado, deixou os dois um pouco constrangidos. "É estranho que você tenha vindo", disse ela, depois de terem permanecido calados por um instante. "O que você tinha a ver com Nati? Você nem o conhecia." "É uma pena que eu não o tenha conhecido. Parece ter sido alguém que valia a pena conhecer", Oshri balbuciou. Ele queria dizer que sua vinda não era nem um pouco estranha. Entre ele e o irmão dela havia algo não resolvido. Havia muita gente no café naquele dia, e de todas as pessoas que estavam lá, Nati caiu justamente em cima dele. E foi por isso que ele tinha vindo hoje, para tentar entender o porquê. Mas antes mesmo de ter a chance de dizer isso, percebeu que soaria idiota, e resolveu perguntar por que Nati tinha se matado, um rapaz tão jovem. Maayan deu de ombros. Ele não era a primeira pessoa que perguntava. E antes de se despedirem, ele deu-lhe o seu cartão de visita e disse que, se ela precisasse de alguma ajuda, não importa o que fosse, que ligasse. Ela sorriu e agradeceu, mas disse que era uma pessoa que se virava muito bem sozinha. Depois de olhar por um instante para o cartão, ela disse: "Você é corretor de seguros? Que coisa estranha. Nati sempre odiou seguros, dizia que eram carma ruim. Que fazer um seguro era o oposto de acreditar que as coisas dariam certo." Oshri tentou se defender e disse que muitos jovens pensam assim, mas quando se tem filhos, você começa a olhar para as coisas de uma maneira diferente. E mesmo que você queira acreditar que as coisas vão dar certo, não é possível ser suficientemente cuidadoso. "Ainda assim, se você precisar de alguma coisa", ele disse antes que ela saísse, "telefone. Prometo não tentar vender-lhe uma apólice." Ela sorriu e acenou. Ambos sabiam que ela não telefonaria.

No caminho de volta do cemitério para casa, a mulher de Oshri ligou. Queria que ele pegasse Meital no curso, e Oshri concordou de imediato. Quando ela lhe perguntou onde ele estava, ele mentiu e disse que estava com um cliente em Ramat Hasharon. Ele não conseguiu explicar a si mesmo por que mentira. Não era pelo toque que ainda podia sentir no ombro, tampouco porque tinha ido para uma cerimônia fúnebre sem nenhuma boa razão. Era porque tinha medo que ela percebesse o quão grato ele era àquele rapaz, Nati, que deve ter sido inteligente, bem-sucedido e amado como Oshri fora, e ainda assim tinha decidido colocar um fim nisso tudo e saltar da janela. Quando ele pegou Meital no curso, ela orgulhosamente mostrou-lhe um aeroplano colorido que tinha construído. Ele a elogiou e perguntou-lhe em voz alta quando ela planejava fazê-lo voar no céu. "Nunca", Meital deu-lhe um olhar zombeteiro. "É apenas um modelo." E Oshri concordou, confuso, e disse que ela era uma menininha muito inteligente.

"Sonhos prazerosos"

Desde o acidente, ele e a mulher faziam amor com muito menos frequência. Jamais conversavam sobre isso, mas ele tinha a sensação de que para ela estava tudo bem. Como se após o acidente ela estivesse tão feliz em tê-lo de volta que não se importava com a quantidade de sexo. Quando transavam era bom, tão bom como tinha sido antes, exceto que agora a sua vida tinha assumido outra perspectiva, uma perspectiva ligada àquele universo, um universo ao qual só se pode chegar quando algo cai de um andar alto sobre você, uma perspectiva que, de algum modo, tinha reduzido as dimensões de tudo. Não apenas em relação ao sexo, mas também a seu amor pela esposa, pela filha, por tudo.

Quando ele estava acordado, não era capaz de se lembrar com exatidão de como se sentira no mundo do coma e, se quisesse descrevê-lo para alguém, não conseguiria.

Tentou apenas uma vez quando tratava da venda de uma apólice de seguro de vida com uma senhora cega. Não sabia ao certo por que achava que ela, dentre todas as outras pessoas, o entenderia, mas depois de três frases ele percebeu que a estava apenas assustando, e então parou. Em seus sonhos, porém, ele realmente podia voltar lá. E aqueles sonhos com o coma foram cada vez mais recorrentes. Sentiu que estava começando a se tornar viciado neles. À noite, muito antes de se deitar, começava a tremer de expectativa, como um sobrevivente que, depois de muitos anos de exílio, embarcava em um voo que o levaria para casa. É engraçado, mas às vezes, de tão animado que estava, não conseguia adormecer. E então ele se via deitado na cama, congelado, ao lado da esposa adormecida, tentando acalmar-se com outros métodos. Um deles era a masturbação. E desde aquele encontro no cemitério, sempre que se masturbava pensava em Maayan, em como ela tocara em seu ombro. Não porque fosse bonita. E tampouco porque não o fosse, posto que sua frágil beleza provinha da juventude, que acabaria logo, com a chegada do tempo. A esposa já possuíra o mesmo tipo de beleza, havia muitos anos, quando se conheceram. Não era esta a razão pela qual pensava em Maayan. Mas pela conexão entre ela e o homem que o ajudou a chegar a esse mundo de cores e tranquilidade. Quando se masturbava pensando em Maayan, era como se estivesse se masturbando por um mundo que, de repente, graças a ela, tomara a forma de uma mulher.

Enquanto isso, a venda das apólices continuava a pipocar em um ritmo vertiginoso. Mesmo sem querer, ficou cada vez melhor. Agora, quando tentava vendê-las, muitas vezes começava a chorar. Não era artimanha. Era um choro verdadeiro que vinha de um local desconhecido. E isto abreviava as reuniões. Oshri chorava, se desculpava, e imediatamente os clientes diziam que estava tudo bem e assinavam. Isto fazia com que se sentisse um pouco como um vigarista, embora fosse o choro mais verdadeiro que havia.

"Congestionamento na estrada costeira"

Um fim de semana, quando voltavam, com a filha, de uma visita aos pais de sua mulher em um kibbutz, eles passaram por dois carros totalmente amassados. Os motoristas à frente deles reduziam a velocidade ao passar pelo local do acidente para olhar, e sua mulher disse que aquilo era nojento, e que só em Israel as pessoas se comportavam daquela forma. A filha, que dormia no banco de trás, acordou por causa das sirenes das ambulâncias. Ela colou o rosto na janela e olhou para um homem que estava inconsciente, coberto de sangue, sendo carregado em uma maca. Perguntou para onde o estavam levando, e Oshri disse que o estavam levando para um bom lugar. Um lugar cheio de cores, sabores e cheiros que ela não conseguiria imaginar. Ele lhe falou sobre o lugar, sobre como seu corpo se torna leve, e como, mesmo que você não queira nada, tudo se concretiza por lá. Não há nenhum medo naquele lugar, de modo que mesmo a dor, quando vem, transforma-se em outro tipo de sentimento, um sentimento que você tem gratidão por ser capaz de experimentar. Ele continuou a falar e falar até que notou o olhar repreensor da esposa. No rádio noticiaram o movimento intenso na estrada, e quando ele olhou no espelho retrovisor de novo, viu Meital sorrindo e dando adeus ao homem na maca.

ILAN

Minha namorada, quando chega ao orgasmo, grita "Ilan". Não uma vez só, muitas. "Ilan-Ilan-Ilan-Ilan!" Isto é legal, porque sou nascido e criado Ilan. Mas às vezes eu gostaria que ela dissesse alguma outra coisa, não importa o quê. "Meu amado." "Me rasga ao meio", "Para, não aguento mais", ou até mesmo a velha súplica "Não para!". Seria muito bom ouvir algo diferente, de vez em quando, algo específico em relação à situação – uma emoção um pouco mais ligada ao ato em si.

Minha namorada estuda Direito em uma faculdade particular. Ela queria ir para uma grande universidade, mas não foi aceita. Planeja se especializar em direito contratual. Isso existe, advogados que tratam só de contratos. Não se encontram com pessoas, não vão ao tribunal, só ficam sentados o dia todo olhando sucessivas linhas escritas no papel, como se isto fosse o mundo.

Quando aluguei o apartamento, ela estava comigo e, em um minuto, notou que o proprietário do imóvel tentava nos enrolar em alguma cláusula. Eu jamais teria prestado atenção, mas ela percebeu em um segundo. Ela é assim, minha namorada, muito perspicaz. E como tem orgasmos. Nunca vi nada igual em toda a minha vida. Voa em todas as direções, totalmente desenfreada. Como alguém que levou choques elétricos. E também treme de forma incontrolável, no rosto, no pescoço, na planta dos pés. Como se todo o seu corpo tentasse dizer obrigado e não soubesse como.

Certa vez perguntei o que ela gritava quando gozava com outros homens, antes de mim. Com um olhar surpreso, ela disse que com todos gritava "Ilan". Sempre "Ilan". Insisti e perguntei o que ela gritava quando tinha orgasmo com aqueles que não se chamavam Ilan. Ela pensou por um instante e disse que nunca tinha transado com alguém que não se chamasse Ilan. Ela já saíra com vinte e oito rapazes, eu incluído, e todos, agora que pensava a respeito, se chamavam Ilan. Depois que ela disse isso, ficou calada. "É uma tremenda coincidência", eu disse. "Ou talvez você nos escolha assim, Ilans." "Talvez", ela disse pensativa, "talvez".

A partir daquele dia comecei a ficar mais atento a todos os Ilans ao meu redor: o do banco, o meu contador, aquele abusado que sempre aparece de manhã no nosso café e me pede para tirar o caderno de esporte. Não fiz um alarde disso, só registrei na minha cabeça Ilan + Ilan + Ilan. Porque no fundo no fundo, eu sabia que quando o caos se desencadeasse, caso de fato se desencadeasse, seria a partir de um deles.

Estranho, mas já lhes contei tanto sobre a minha namorada e não disse sequer o nome dela. Como se não tivesse nenhuma importância. Realmente não é importante. Se vocês me acordarem no meio da noite, não será o nome dela que virá em minha mente. Tenho certeza de que será este olhar meio de surpresa que ela tem um segundo antes de começar a chorar; a bunda dela; o jeito encantador que sempre fala, como uma menina, "Queria te dizer uma coisa", antes de falar sobre algo que a emociona. Ela é fantástica, a minha namorada, fantástica. Mas às vezes não tenho certeza de que esta história acabará bem.

O proprietário do nosso apartamento, aquele que quis nos engabelar no contrato, também se chama Ilan. Um cara com uns cinquenta anos, nojento, que recebeu de herança da falecida avó um prédio inteiro na rua Wormaisa e não faz mais nada além de recolher cheques dos inquilinos. Tem uns olhos azuis de aviador, cabelo prateado como uma nuvem. Mas ele não é aviador. Quando assinamos o contrato, ele me contou que prestou todo o serviço militar em Tsrifin, fazendo trabalho burocrático em uma base de transporte. Há poucos anos sua unidade de reserva desistiu de tentar localizá-lo.

Foi completamente por acaso que descobri que eles estavam trepando. Se ela não tivesse compartilhado comigo toda esta história dos Ilans, eu nem teria suspeitado.

Quando peguei os dois em casa, ele estava na sala, completamente vestido, e disse que tinha vindo verificar se não estávamos destruindo sua propriedade. Mas depois que ele foi embora, eu a pressionei e ela confessou. Mas sem nenhuma culpa. Em tom factual e seco. Como alguém que diz que o ônibus da linha cinco não vai até a estação norte do trem. E assim que acabou de confessar, disse que queria me pedir algo. O que ela queria pedir era que fizéssemos aquilo uma vez juntos. Ele e eu, juntos.

Ela estava até disposta a fazer um acordo comigo. Se a gente fizesse aquilo apenas uma vez, ela nunca mais sequer olharia para ele. Apenas uma vez na vida ela gostaria de sentir dois Ilans de uma vez só dentro dela. Ele certamente vai concordar, já que é um pervertido entediado. Ela tem certeza disso. E no final, eu também concordarei, porque eu a amo. Realmente amo.

E eis por que me vejo na cama com o meu locador. Um instante antes de tirar a roupa, ele ainda chama a minha atenção para a persiana da cozinha, que não fecha bem e que é preciso lubrificar os eixos. Depois de um tempo, o corpo da minha namorada começa a tremer sobre mim e eu sinto que daqui a pouco ela vai gozar. E quando ela gritar, tudo ficará bem, porque o nosso nome é realmente Ilan. Mas jamais saberemos se o grito dela será por mim ou por ele.

A CADELA

"Viúvo." Ele amava tanto o som desta palavra. Amava, mas tinha vergonha de amar. E o que fazer se o amor é um sentimento incontrolável? "Solteiro" sempre lhe soou um pouco egocêntrico, quase hedonista, e "divorciado" soava vencido. Pior do que vencido, derrotado. Mas "viúvo"? Viúvo soa como alguém que assumiu responsabilidade, se comprometeu, e, pela sua solidão, só é possível culpar Deus ou as forças da natureza, dependendo do que se acredita. Ele tirou um cigarro e já estava para acendê-lo quando a jovem anoréxica sentada à sua frente no vagão começou a rosnar em francês e apontou para a placa "*Non fumeur*". A última coisa que esperava ver no vagão do trem de Marselha a Paris era uma proibição para acender um Gauloise. Antes de enviuvar, era Halina que explodia toda vez que ele estava para acender um cigarro, com um monólogo que sempre começava com a saúde dele e acabava com as enxaquecas dela, e agora, quando esta francesa exageradamente magra gritou com ele, de repente ficou com saudade.

– Minha mulher – ele disse para a francesa e mostrou-lhe que estava recolocando o cigarro no maço – também não gosta que eu fume.

– Não sua língua – disse a francesa.

– Você – ele insistiu – mesma idade minha filha. Devia comer mais. Não é saudável.

– Não sua língua – a jovem repetiu, mas seus ombros encolhidos indicaram que tinha entendido todas as palavras.

– Minha filha mora em Marselha – ele continuou. – É casada com um médico. Um médico de olhos, entende – disse e apontou para os olhos verdes dela que piscavam assustados.

Até o café do trem era três vezes melhor do que aquele que se podia encontrar em Haifa. É indiscutível, em se falando de paladar, esses franceses filhos da mãe superam qualquer um. Depois de uma semana em Marselha, ele já não conseguia abotoar as calças. Zahava lhe pediu que ficasse mais. "Para onde você está indo com tanta pressa?", ela perguntou. "Agora que mamãe morreu e você está aposentado, ficou completamente sozinho." "Aposentado", "sozinho", havia algo tão livre nestas palavras que, quando ela as pronunciou, ele realmente sentiu o vento afagando o seu rosto. Afinal, ele nunca tinha mesmo gostado do trabalho na loja, e Halina – bem, vamos dizer que ele tinha um lugar confortável para ela, mas assim como o armário de madeira no minúsculo quarto do casal, ela ocupava tanto espaço que já não restava lugar para mais nada. A primeira coisa que fez depois que ela morreu foi chamar o comerciante de coisas usadas e se livrar do armário. Para os vizinhos, que acompanharam com interesse a descida do terceiro andar do gigantesco armário, amarrado por cordas, explicou que o móvel lhe lembrava demais a tragédia. Agora, sem aquela peça, de repente o quarto ficara amplo e também mais claro. Depois de tantos anos, havia se esquecido da janela escondida atrás do armário.

No vagão-restaurante, diante dele, estava sentada uma mulher de cerca de setenta anos. No passado, tinha sido bonita e agora fazia tudo o que podia para lembrar isto aos que estavam próximos. Com sutileza, porém, nos traços habilidosos do lápis e do batom, *Ahh, se vocês tivessem me visto há cinquenta anos.* Perto dela, na prateleira destinada às bandejas de comida, encontrava-se um pequeno poodle, também elegantemente vestido com uma malha azul bordada. O poodle cravou nele olhos gigantescos e familiares. "Halina?", ele pensou meio aterrorizado. O poodle soltou um latido curto e confirmador. A mulher idosa sorriu com delicadeza, tentando dizer que ele não tinha o que temer. Os olhos do poodle não se desviavam dos olhos dele. "Sei que aquele armário não caiu em cima de mim por engano", disseram os olhos, "sei que você o empurrou." Ele deu uma breve tragada no cigarro e retribuiu à idosa com um sorriso nervoso. "Eu também sei que você não quis me matar, que foi simplesmente um reflexo. Eu não precisava ter pedido para você baixar novamente as roupas do inverno." Sua cabeça anuiu, por reflexo. Se fosse algum outro, menos durão, já estaria com lágrimas nos olhos. "Agora você está feliz?" os olhos do poodle perguntaram. "Assim-assim", ele retribuiu o olhar, "sozinho é duro. E você?" "Não é mau", o poodle abriu a boca quase em um sorriso, "a minha dona cuida de mim, ela é uma boa mulher. Como vai a nossa filha?" "Estou justamente vindo da casa dela. Está ótima. E Gilbert finalmente concordou em tentarem ter um filho." "Fico feliz", o poodle sacudiu o toquinho de rabo, "mas você, você precisa cuidar melhor de si. Engordou e está fumando demais." Posso? ele perguntou à idosa sem palavras e fez no ar um gesto de carícia. A mulher concordou com um sorriso. Ele afagou o corpo todo de Halina, depois se curvou e a beijou. "Lamento", ele disse com uma voz triste e chorosa, "lamento. Me perdoe." "Ela gosta de você", disse a mulher em um inglês canhestro, "veja, veja como está lambendo o seu rosto. Nunca a vi fazer isto com um estranho."

CONTO VITORIOSO

Este conto é o melhor conto do livro. Mais do que isso. Esse conto é o melhor conto do mundo. E isto, não fomos nós que decidimos. Isto foi decidido unanimemente por dezenas de especialistas independentes que o compararam – usando padrões laboratoriais rígidos – a uma amostragem representativa da literatura mundial. Este conto é uma inovação israelense exclusiva, única. E aposto que vocês estão se perguntando, como foi que justamente nós (o pequeno e minúsculo Israel) o escrevemos e não os norte-americanos? Então saibam que também os norte-americanos fazem a mesma pergunta. E não são poucos os figurões do mundo editorial norte-americano que estão para perder o emprego por não terem tido uma resposta pronta a tempo.

Exatamente como o nosso exército é o melhor do mundo, este conto também. Trata-se, inclusive, de uma inovação protegida por patente registrada. E onde é que esta patente está registrada? É isso. Está registrada no próprio conto. Neste conto não há tretas, mumunhas ou partes melosas. É todo constituído de um único bloco, uma amálgama de profundas introspecções e alumínio. Não enferruja, não perturba, mas pode perambular. É muito atual, mas também supratemporal. E a história julgará. Aliás, na opinião de muitos e bons, já julgou e nosso conto triunfou.

"O que é tão especial neste conto?" As pessoas perguntam por ignorância ou dissimulação [depende de quem]. "O que é que ele tem que não se encontre em Tchekov ou em Kafka ou sei lá quem?" A resposta a esta pergunta é longa e complicada. Mais longa do que o próprio conto, mas menos complexa. Porque não há algo mais intrincado que este conto. Apesar disto, vamos tentar responder com um exemplo. No final deste conto, em contraste com os contos de Tchekov ou de Kafka, um afortunado vencedor – selecionado ao acaso entre os que o leram corretamente – ganhará um carro Mazda Lantis cor cinza metálico. E dentre os que lerem de forma incorreta será sorteado outro carro, mais barato, mas não menos cinza metálico, para que ele ou ela não se sinta mal. Porque este conto não está aqui para mostrar arrogância. Ele está aqui para que vocês se sintam bem. Como está escrito no guardanapo de papel da lanchonete perto da casa de vocês? SE GOSTARAM, CONTEM PARA OS AMIGOS. SE NÃO GOSTARAM, FALEM CONOSCO. Ou neste caso, contem ao conto. Porque este conto não é só narrador, ele é também ouvinte. O ouvido dele, como se diz, está atento aos sentimentos do público. E quando o público se encher dele e quiser lhe dar uma conclusão, este conto não arrastará os pés ou se segurará nas bordas do altar, ele simplesmente terá um fim.

CONTO VITORIOSO II

Mas se algum dia, assim, por nostalgia, vocês o quiserem de volta, ele sempre se alegrará em voltar.

UMAS BOAS

TÃO REAL

Na noite que antecedeu o voo a Nova York, a mulher de Guershon teve um sonho. "Foi tão real", ela lhe contou enquanto ele arrumava a mala. "No sonho, as guias da calçada estavam pintadas de vermelho e branco e nos postes havia anúncios de venda de apartamento, você sabe, com aquelas tirinhas para serem destacadas, exatamente como na realidade. E até havia um homem que pegou o cocô do cachorro da calçada com um pedaço de jornal e jogou-o no lixo. E tudo era tão comum, tão do dia a dia." Guershon tentou apertar mais e mais roupas e folhetos na malinha. Em geral a esposa o ajudava a arrumar, mas naquela manhã ela estava envolvida no tal sonho tão real e detalhado, que nem sequer lhe propôs ajuda. No mundo verdadeiro, o sonho provavelmente não durou mais do que dez segundos, mas ela conseguiu contá-lo com tal extensão que irritou Guershon até quase às lágrimas. Dali a três horas ele deveria partir para Nova York para encontrar o maior fabricante de brinquedos do mundo, e quando dizemos "o maior do mundo" não se trata aqui de um clichê desgastado, mas de um fato econômico apoiado em uma enormidade de balanços e dados de vendas, e este fabricante, se Guershon jogar as cartas certas, poderá comprar o "Pare – Polícia", um jogo de tabuleiro que Guershon tinha desenvolvido, e transformá-lo não menos que no Monopólio do século vinte e um. É verdade que nada disto é exatamente uma guia de calçada pintada de vermelho e branco ou pedaços de cocô de cachorro recolhidos com um suplemento de economia amarrotado, mas, ainda assim, uma chance de sucesso nestas proporções é o tipo de coisa à qual seria agradável ver sua esposa reagindo com um pouco mais de entusiasmo.

"... então meu pai aparece na minha frente de repente com um carrinho de bebê e me diz, cuide dela. Simplesmente assim. Deixa o carrinho perto de mim e vai embora, como se fosse a coisa mais natural do mundo", sua mulher continuou enquanto Guershon se esforçava, sem sucesso, para fechar a mala, "e a neném no carrinho parecia tão triste e solitária, como uma velha, que simplesmente eu quis pegá-la no colo e abraçá-la. E tudo foi tão real, que quando acordei demorou um minuto até que eu entendesse como tinha passado do meio da rua para o nosso quarto. Você já teve essa sensação?"

INQUIETAÇÃO

O albino sentado ao seu lado tentou começar uma conversa. Guershon respondeu com polidez, mas não deu trela. Já voara bastante para conhecer a dinâmica. Há pessoas que simplesmente são comunicativas e agradáveis, e há outras que se esforçam para criar alguma intimidade com você só para que, quando tiverem se apossado, após a decolagem, do braço comum da poltrona, você se sinta bastante embaraçado e desista a favor delas. "É a minha primeira vez nos Estados Unidos", disse o albino. "Ouvi dizer que os policiais lá são completamente doidos, basta que você atravesse no sinal vermelho e eles já te jogam na cadeia." "Vai dar tudo certo", Guershon lhe respondeu laconicamente e fechou os olhos. Imaginou-se entrando no escritório do diretor-geral da Global Toys, apertando firme e calorosamente a mão do homem grisalho diante dele e lhe dizendo "O senhor tem netos, Mr. Lipsker? Vou lhe dizer com que eles irão brincar no verão." Sua perna esquerda bateu repetidamente na lateral do avião. Precisava se lembrar de não deixar as pernas agitarem-se durante o encontro, disse para si mesmo, isto transmite insegurança.

Não tocou na refeição que serviram no avião. O albino devorou o frango e a salada como se fossem pratos de gourmet. Guershon espiou novamente a sua bandeja. Nada ali lhe parecia realmente saboroso. O bolo de chocolate envolvido em plástico lhe lembrou o cocô de cachorro do sonho da esposa. A maçã, no entanto, pareceu relativamente boa. Embrulhou-a no guardanapo e colocou-a na sua pasta totalmente vazia. Eu deveria ter colocado alguns folhetos aqui dentro, ele pensou. O que acontecerá se minha mala não chegar?

SOMOS TODOS HUMANOS

Ela não chegou. Todos os passageiros já tinham saído, inclusive o albino. A esteira vazia continuou a rolar por mais alguns minutos, então se cansou e parou. Uma agente de aeroporto da Cia. Continental disse que lamentava muito e anotou o endereço do hotel dele. "É muito raro", ela disse, "mas erros acontecem. Sabe, somos todos humanos." Pode ser. Embora houvesse momentos em que Guershon sentia que ele não era. Por exemplo, quando Eran morreu em seus braços no Hospital Laniado. Se Guershon fosse humano, certamente teria chorado ou desmaiado. Pessoas próximas lhe explicaram que ele simplesmente ainda não tinha assimilado tudo, que levava algum tempo; que só no momento em que realmente digerisse, no coração, não na mente, ficaria abalado. Mas já tinham se passado dez anos e nada o abalara. Nada. No exército, quando não lhe permitiram ir para o treinamento de oficiais, ele chorou como uma menina. Ele se lembra de como o major o olhou espantado, simplesmente sem saber o que fazer, mas quando seu melhor amigo morreu, nada.

– Naturalmente vamos indenizá-lo com a quantia de cento e vinte dólares para a compra de roupas e itens de necessidade pessoal – disse a agente da Continental.

"Itens de necessidade pessoal", Guershon repetiu.

A mulher interpretou a repetição como se fosse uma pergunta. "Sabe, escova de dentes, creme de barbear, está tudo detalhado no verso do formulário." Ela indicou o lugar certo na folha e acrescentou, "Realmente, lamento."

UMAS BOAS

No saguão da empresa de brinquedos Global Toys encontrava-se um homem jovem, vestindo um terno barato. Acima da boca aberta assentava-se, de modo um pouco artificial, um bigode fino, como se o lábio superior se envergonhasse de algo e tivesse decidido usar uma peruca. Guershon pensou em lhe perguntar onde ficava o elevador, mas após um segundo descobriu sozinho. Sabia que chegar a um encontro sem os folhetos seria interpretado por Mr. Lipsker como falta de profissionalismo. Ele devia ter pensado nisto antes e colocado na pasta de mão ao menos a apresentação. Certamente teria feito isto não fosse aquele sonho perturbador da esposa que tinha ecoado no seu espaço craniano enquanto estava arrumando a mala. "Documento de identidade, por favor", disse Bigode, e Guershon lhe respondeu, surpreso, "Como?" "Documento de identidade", repetiu Bigode, e disse para o negro careca de paletó cinza que estava perto, "Você já notou os tipos que aparecem por aqui?"

Guershon vasculhou os bolsos lentamente. Em Israel, estava acostumado a apresentar a identidade todo o tempo, mas no exterior essa era a primeira vez que alguém lhe pedia algo assim, e de algum modo, no inflexível sotaque nova-iorquino usado por Bigode, aquilo soou como se no momento seguinte ele fosse algemá-lo e ler os seus direitos. "São folgados, não?", disse Bigode para o negro de paletó. "Por que não", Paletó deu um sorriso discreto e amarelo, "de qualquer forma, estamos aqui pra isso." "O que tenho a lhe dizer, Patrick", disse Bigode e espiou o passaporte que Guershon lhe apresentou, "é que sua mãe não lhe deu este nome à toa. Você é simplesmente um santo." Ele devolveu o passaporte a Guershon e murmurou algo. Guershon assentiu e dirigiu-se ao elevador. "Um momento", Bigode lhe disse, "para onde você está indo? Você não entende minha língua?" "Eu até entendo", Guershon respondeu impaciente. "E se você não se incomoda, estou apressado para uma reunião." "Pedi para você abrir a pasta, Sr. Eu-até-entendo", Bigode imitou a pronúncia israelense de Guershon, "Será que pode fazer isto por mim?" E com Paletó, que estava perto, divertindo-se, mas esforçando-se para não sorrir, ele comentou, "estou lhe dizendo, isto aqui é simplesmente um zoológico." Guershon pensou na maçã meio comida dentro da pasta vazia. Tentou imaginar a reação maliciosa de Bigode quando a visse e de Paletó ao seu lado, tentando se controlar, mas no fim explodindo em uma risada. "Vamos, abra de uma vez", continuou Bigode, "você sabe o que significa 'abrir', senhor?" E logo em seguida apressou-se em soletrar a palavra. "Eu sei o que significa 'abrir'", Guershon respondeu e abraçou com força a pasta 007, "também sei o que significa 'fechar' e também o que é 'rendimento nominal' e 'oxímoro'. Sei até qual é a segunda lei em termodinâmica e o que é o Tratado de Wittgenstein. Sei uma porção de coisas que você jamais saberá, seu arrogante pedaço de nada. E um desses segredos extraordinários que jamais terá o privilégio de hospedar na fina membrana de seu cérebro é o que eu tenho dentro da pasta. Você por acaso sabe quem sou eu, seu pedaço de coisa nenhuma? Por que estou aqui hoje? Sabe ao menos alguma coisa sobre existência? Sobre o universo? Algo além do número da linha de ônibus que te traz aqui todo dia e te leva de volta, além dos nomes dos vizinhos do prédio malcuidado e escuro em que mora?" "Senhor..." Paletó tentou interromper aquele fluxo com polidez pragmática, mas já era tarde demais. "Estou olhando para você", Guershon continuou, "e em um segundo posso ver toda a história de sua vida. Tudo está escrito bem aqui, nesta sua testa com entradas. Tudo. O dia mais bonito de sua vida será quando o time de basquete de que é torcedor for campeão. O pior será aquele em que a sua mulher gorda morrer de câncer porque o tratamento não é coberto pelo seu plano de saúde. E tudo o que há entre estes dois momentos passará como um peido fraco, do qual no final de sua vida, quando você tentar olhar para trás, nem conseguirá lembrar o cheiro..."

O soco foi tão rápido que Guershon nem conseguiu sentir como atingira a sua cara. Quando recobrou os sentidos, viu-se no chão de mármore de bom gosto do saguão. O que o despertou foi uma série de pontapés nas costelas e uma voz profunda e agradável que ecoou no ambiente e lembrou-lhe um pouco a de locutores de rádio dos programas noturnos. "Pare", repetiu a voz, "pare, Jesus, ele não vale isto."

Ele percebeu que, no chão, incrustada em pequenas pedras douradas, havia a letra G, a inicial de seu nome. Podia pensar nisto como uma coincidência, mas Guershon preferiu imaginar que os operários que construíram aquele arranha-céu sabiam que algum dia ele chegaria ali, e quiseram fazer um gesto em sua homenagem, para que não se sentisse tão solitário e indesejável naquela cidade malvada. Os chutes não cessaram, eram tão reais como o sonho da esposa. Talvez aquele bebê que o pai dela tinha deixado no carrinho fosse ela mesma. Pode ser. Afinal, o pai dela era um merda. Talvez por isto o sonho tenha sido tão importante para ela. E se lhe faltou um abraço no sonho, ele poderia tê-la abraçado. Poderia ter feito uma pausa de um segundo em sua luta cruel com a mala traiçoeira, que certamente fareja agora os calcanhares de estranhos na esteira em algum aeroporto minúsculo na costa ocidental, tomado-a nos braços com toda a força e ter dito, "Estou aqui, querida. Talvez voe hoje, mas voltarei logo."

O negro de paletó cinza ajudou-o a levantar-se. "O senhor está bem?", perguntou e lhe entregou a pasta 007 e um lenço de papel. "Está sangrando um pouco." Ele pronunciou "um pouco" com uma voz fraca, delicada, como se tentasse reduzi-la à dimensão de uma gota. Bigode estava sentado em uma cadeira perto do elevador e chorava. "Peço desculpa em nome dele", disse Paletó, "ele está passando agora por uma fase difícil." Ele acentuou a palavra "difícil". Quase gritou. "Não se desculpe", disse Bigode entre lágrimas, "não peça desculpa a esse babaca." Paletó deu de ombros e fungou impotente. "A mãe dele..." tentou sussurrar para Guershon. "Não conte a ele", ululou Bigode, "não diga uma palavra sobre a minha mãe, está ouvindo? Ou você também vai levar umas boas."

RORSCHACH

"'Pare – Polícia'", Guershon continuou, "talvez seja o primeiro jogo de tabuleiro na História que não imponha soluções à criança que está jogando, mas a estimule a encontrar as suas próprias. É possível ver o jogo como uma espécie de trilha de manchas do super-herói Rorschach, que à medida que se avança em direção ao alvo desejado, a vitória, o estimula a acionar a imaginação." "Uma trilha de manchas de Rorschach", Mr. Lipsker deu um sorriso torto. "Incrível. Gosto disto, Mr. Arazi. Mas o senhor tem certeza de que está bem?" "Estou muito bem", anuiu Guershon. "Com sua licença, podemos fazer agora uma pequena simulação do jogo." "Simulação", Mr. Lipsker repetiu. Ele era bem mais jovem do que Guershon tinha imaginado, sem qualquer sinal de cinza no cabelo preto brilhante. "Lamento, mas não acho que seja o momento adequado. Seu olho. Seu nariz. Deus, quanto sangue! Quem foi que lhe fez isto?"

PEIXE DOURADO

Yonatan teve uma ideia brilhante para um documentário. Bateria às portas das pessoas. Apenas ele, sem equipe de filmagem, com uma pequena câmera na mão, e perguntaria: "Se vocês encontrassem um peixe dourado falante que lhes concedesse três desejos, o que pediriam?"

As pessoas responderiam, e ele iria editar e montar clips com as respostas mais surpreendentes. Antes de cada conjunto de respostas, veriam a pessoa imóvel, na entrada de sua casa, e, superpostas a esta imagem, viriam as legendas com o nome, dados pessoais, renda mensal e talvez até mesmo o partido em que havia votado na última eleição. Junto com os desejos, todo o assunto se transformaria em um projeto social, que diria algo sobre o enorme abismo entre os nossos sonhos e a verdadeira situação em que a sociedade se encontra.

Era uma ideia genial e barata. Tudo que ele precisava era de uma porta e um coração pulsando atrás dela. E tinha certeza de que, com uma filmagem decente, seria capaz de vendê-la facilmente para o Canal 8 ou o Discovery, fosse como filme ou como uma coleção de vinhetas, cada qual exibindo uma alma diferente à sua porta de entrada e seus três preciosos desejos.

Com um pouco de sorte, talvez pudesse até interessar a algum banco ou empresa de celulares e, por fim, seria possível embalar o produto com o nome do patrocinador. Algo no estilo "Sonhos diversos, desejos diversos, um banco". Ou "O banco que faz seus sonhos tornarem-se realidade".

Yonatan decidiu começar a trabalhar nisso sem quaisquer preparações. Pegou sua câmera e foi bater à porta das pessoas. No primeiro bairro que filmou, a maioria dos que concordaram em cooperar pediram as coisas relativamente previsíveis: saúde, dinheiro, um apartamento maior. Mas houve também momentos tocantes. Uma mulher estéril pediu um filho. Um sobrevivente do Holocausto com um número tatuado no braço pediu que todos os nazistas ainda vivos pagassem pelos seus crimes. Um homossexual idoso pediu para ser mulher.

E estes eram desejos apenas de um pequeno bairro no subúrbio de Tel Aviv. Yonatan imaginava o que as pessoas iriam pedir nas cidades em desenvolvimento, comunidades ao longo da fronteira norte, nos assentamentos, nas aldeias árabes, nos centros de absorção de imigrantes repletos de trailers quebrados e pessoas exaustas abandonadas sob o sol do deserto.

Yonatan sabia que, para valorizar o projeto, seria muito importante ter também desempregados, religiosos, árabes, etíopes e expatriados americanos. Começou a planejar um cronograma de filmagens para os dias seguintes: Jafa, Dimona, Ashdod, Sderot, Taibe, Talpiot. Talvez até Hebron. Ele olhou para os nomes de comunidades que anotara no papel. Se conseguisse filmar um árabe pedindo paz como um dos seus desejos, isto seria uma bomba.

Sergei Goralick não gostava que estranhos lhe batessem à porta. Especialmente quando estes estranhos lhe faziam perguntas. Na Rússia, quando era jovem, isto acontecia muito. Pessoas da KGB batiam à sua porta porque seu pai era sionista e teve o pedido de imigração negado.

Quando Sergei se mudou para Israel, e então para Jafa, familiares lhe disseram, ei, o que você espera encontrar em um lugar como esse? Lá só tem drogados e árabes. Mas o que é muito bom com drogados e árabes é que eles não vêm bater à porta de Sergei. Assim, Sergei pode se levantar quando ainda está escuro, partir com seu barquinho para o mar, pescar um pouco e voltar para casa. E tudo sozinho. Em silêncio. Como deve ser.

Até que certo dia, um rapaz de brinco na orelha, parecendo homossexual, bate à sua porta, bem forte, do jeito que Sergei não gosta, e lhe diz que tem algumas perguntas, alguma coisa para a TV.

Sergei lhe diz claramente que não quer, não está interessado, e empurra um pouco a câmera para que ele entenda que está falando sério. Mas o rapaz de brinco insiste. Diz-lhe todos os tipos de coisas. Com rapidez. Sergei mal consegue acompanhar, o seu hebraico não é tão bom.

O rapaz de brinco diminui o ritmo, diz a Sergei que ele tem um rosto forte, um belo rosto, e que precisa dele para este filme. Sergei tenta fechar a porta, mas o rapaz é ágil e consegue entrar. Ele começa a filmar, sem autorização, e, por trás da câmera, novamente fala do rosto de Sergei, que ele transmite bastante sentimento. De repente, o rapaz vê o peixe dourado de Sergei nadando na grande jarra de vidro na cozinha.

O rapaz com o brinco começa a gritar. "Peixe dourado! Peixe dourado!" Isto aborrece Sergei, que lhe pede para não filmar o peixe e explica que se trata de um peixe comum que ele pegou na rede. Mas o rapaz não está ouvindo. Ele continua a filmar e fala várias coisas sobre o peixe, que ele fala, que realiza desejos mágicos.

Sergei não gosta disso, não gosta que o rapaz esteja próximo demais, quase alcançando a jarra. Neste instante, Sergei entende que o rapaz não veio por causa da televisão, que veio tomar o seu peixe. E, antes que a mente de Sergei Goralick realmente entenda o que o seu corpo fez, ele pega a frigideira do fogão e dá uma pancada na cabeça do rapaz de brinco. O rapaz cai. A câmera cai com ele. Quando chega ao chão, a câmera se abre, assim como o crânio do rapaz. Sai muito sangue da cabeça, e Sergei realmente não sabe o que fazer.

Quer dizer, ele sabe exatamente o que fazer, mas isto pode complicá-lo de verdade. Porque se levar o rapaz para o hospital, as pessoas vão perguntar o que aconteceu, o que daria um rumo à situação nada bom para ele.

— Não há razão para levá-lo ao hospital – diz o peixinho, em russo. – Ele já está morto.

— Ele não pode estar morto – Sergei protesta. – A pancada nem foi forte. Foi apenas uma frigideira.

— A pancada não foi forte – o peixe concorda –, mas a cabeça do rapaz pelo visto é ainda menos forte.

— Ele queria tirar você de mim – diz Sergei, quase chorando.

— Nada disso – diz o peixe. – Ele estava aqui só para filmar alguma bobagem para a TV.

— Mas ele disse...

— Ele disse exatamente o que estava fazendo – afirma o peixe, interrompendo –, mas você não entendeu. O seu hebraico não é dos melhores.

— E o seu é? – Sergei retruca.

— Sim, o meu é excelente – diz o peixe impaciente. – Sou um peixe mágico. Fluente em todas as línguas.

A poça de sangue da cabeça do rapaz de brinco fica cada vez maior, e Sergei, desesperado, é obrigado a ficar colado à parede da cozinha para não pisar nela.

— Ainda lhe resta um desejo – o peixe lembra Sergei.

— Não – Sergei move a cabeça de um lado ao outro –, não posso. Eu o estou guardando.

— Guardando para quê? – o peixe pergunta.

Mas Sergei não responde.

Sergei utilizou o primeiro desejo quando descobriram um câncer em sua irmã. Era um câncer de pulmão do tipo que a pessoa não se recupera. Mas o peixe acabou com ele em um segundo. O segundo desejo Sergei tinha desperdiçado cinco anos antes com o filho de Sveta. O garoto ainda era pequeno naquela época, nem tinha três anos, mas os médicos disseram que alguma coisa na cabeça dele não estava em ordem. Ele iria crescer retardado. Sveta chorou a noite toda, e de manhã Sergei voltou para casa e pediu para o peixe dar um jeito. Ele nunca contou isto para Sveta, e alguns meses depois ela o trocou por um policial, um marroquino, que tinha um Honda brilhante. Em seu coração, Sergei dizia que não tinha feito aquilo por Sveta, que formulara o desejo pelo menino. Mas, em sua mente, estava menos seguro, e todos os tipos de pensamentos sobre outras coisas que poderia ter feito com aquele desejo continuaram a corroê-lo, quase enlouquecendo-o. Ainda não formulara o terceiro desejo.

– Posso trazê-lo de volta à vida – diz o peixe. – Posso fazer o tempo voltar para um instante antes de ele bater à sua porta. Posso fazer isso. Tudo o que precisa é fazer o pedido.

O peixe move a barbatana de um lado ao outro, um movimento que Sergei sabe que ele só faz quando está realmente emocionado. Entendeu que ele já estava farejando a liberdade. Depois do último desejo, Sergei não teria alternativa, seria obrigado a liberar o seu peixe mágico, o seu amigo.

– Tudo ficará bem, de verdade – diz Sergei, meio para o peixe e meio para si. – Só preciso enxugar o sangue. E de noite, quando eu for pescar, vou amarrá-lo a uma pedra e jogá-lo ao mar. Ninguém jamais irá encontrá-lo. É isto. Não vou desperdiçar um pedido com isso.

– Você matou uma pessoa, Sergei – diz o peixe –, mas não é um assassino de verdade. Se não vai desperdiçar um desejo com isso, então para que ele vai servir?

Foi em Tira que Yonatan encontrou finalmente o árabe cujo primeiro pedido era paz. Chamava-se Munir, era gordo, com um enorme bigode branco. Superfotogênico. O modo como formulou o desejo foi emocionante. Já durante a filmagem, Yonatan soube que ele seria sua peça promocional.

Ou ele ou o russo com as tatuagens que ele tinha encontrado em Jafa, aquele que olhou diretamente para a câmera e disse que, se encontrasse um peixe dourado falante, não iria lhe pedir nada, só o colocaria em uma grande jarra de vidro em uma prateleira e falaria com ele o dia todo, não importa sobre o quê. Talvez esporte, talvez política, sobre o que quer que um peixe estivesse interessado em falar.

Qualquer coisa, disse o russo, só para não ficar sozinho.

NÃO TOTALMENTE SÓ

Três dos seus pretendentes tentaram se suicidar. Ela diz isso com tristeza, mas também com um pouco de orgulho. Um deles até conseguiu, pulou do telhado do prédio de Ciências Humanas, na universidade, e se espatifou por dentro em milhares de pedaços. Por fora parecia inteiro, até tranquilo. Ela não foi à universidade naquele dia, mas os colegas lhe contaram. Às vezes, quando está sozinha em casa, consegue até senti-lo ali, junto dela, na sala, olhando para ela, e quando isso acontece, é assustador por um instante, mas também a deixa feliz. Porque ela sabe que não está totalmente só. De mim, ela gosta de verdade. Gosta, mas não se sente atraída. E isto é triste para ela, tanto quanto para mim, talvez até mais. Porque ela até gostaria de se sentir atraída por alguém como eu. Alguém inteligente, alguém delicado, alguém que a ama de verdade. Ela tem um caso há mais de um ano com um negociante de arte mais velho. Ele é casado, não pretende abandonar a esposa, isto não é sequer uma alternativa. Ela até se sente atraída por ele. Isto é cruel. Cruel para mim e cruel para ela. A vida poderia ser muito mais simples se ela se sentisse atraída por mim.

Ela me deixa tocá-la. Às vezes, quando lhe doem as costas, até pede. Quando lhe massageio os músculos, ela fecha os olhos e sorri. "É gostoso", me diz quando a toco, "muito gostoso." Certa vez chegamos a transar. Em retrospecto, foi um erro, ela diz. Uma parte dela queria tanto que isso desse certo que ela negligenciou os seus sentidos. Meu cheiro, meu corpo, algo entre nós dois simplesmente não combinou. Ela estuda psicologia há quatro anos e ainda não é capaz de explicar isto. Como sua mente deseja tanto e o corpo simplesmente não acompanha. Quando se lembra daquela noite em que transamos, fica triste. Muitas coisas a entristecem. Ela é filha única. Passou sozinha uma grande parte da infância. O pai adoeceu, depois ficou agonizante e por fim morreu. Ela não tinha nenhum irmão que a compreendesse, que a consolasse. Sou a coisa mais parecida com um irmão que ela possui. Eu e Kuti, esse é o nome do rapaz que pulou do telhado do prédio de Ciências Humanas. Ela pode ficar falando horas comigo sobre qualquer coisa. Pode dormir comigo na mesma cama, me ver nu, ficar nua ao meu lado. Nada entre nós a embaraça. Nem mesmo quando eu me masturbo perto dela. Embora isso manche os lençóis e a entristeça. Ela se entristece porque não pode me amar, mas, se isto alivia o meu lado, então ela não se incomoda em tirar as manchas.

Antes da morte do pai, eles eram próximos. Ela e Kuti também eram próximos. Ele estava apaixonado por ela. Sou o único homem próximo a ela que ainda está vivo. No fim, vou acabar saindo com alguma outra e ela ficará sozinha. É inevitável, ela sabe. E quando isto acontecer, ela ficará triste. Triste por ela, mas também alegre por mim, que encontrei um amor. Depois que eu gozo, ela me afaga o rosto e diz que, mesmo sendo triste, isso também é lisonjeiro para ela. Lisonjeiro que, de todas as garotas do mundo, eu pense só nela quando estou me masturbando. Esse negociante de arte com quem ela transa é peludo e mais baixo do que eu, mas é pra lá de sexy. No exército, ele foi subordinado de Netaniahu e desde então eles mantêm contato. Amigos. Às vezes, quando ele vem se encontrar com ela, conta para a esposa que deu um pulinho para visitar Bibi. Certa vez ela o encontrou com a esposa no shopping. Estavam a menos de um metro de distância, ela sorriu para ele, um pequeno sorriso, secreto, e ele a ignorou. Os olhos dele pousaram nela, mas estavam totalmente vazios, como se ela nada fosse. Como se fosse invisível. E ela entendeu que ele não podia retribuir-lhe o sorriso quando estava com a esposa, ou dizer-lhe algo, mas, ainda assim, aquilo era muito ofensivo. Ela ficou parada ali sozinha perto dos telefones públicos e começou a chorar. Foi na mesma noite em que transou comigo. Em retrospecto, foi um erro.

*

Quatro dos seus pretendentes tentaram se suicidar. Dois até conseguiram. Justamente os dois aos quais ela esteve mais ligada. Eram próximos a ela, muito próximos, como irmãos. Às vezes, quando está sozinha em casa, consegue até nos sentir, a mim e a Kuti, junto dela na sala, olhando para ela. E quando isso acontece é assustador, mas também a deixa feliz. Porque ela sabe que não está totalmente só.

DEPOIS DO FIM

Assassinos de aluguel são como flores silvestres. Há de todos os tipos e espécies. Certa vez conheci um que se chamava Maximilian Sherman. Com certeza o nome dele era outro, mas era assim que se apresentava. Um assassino de primeira grandeza, clássico, do tipo que fecha contrato não mais do que uma ou duas vezes por ano. Com o que recebia por cabeça, ele não precisava assinar mais nenhum.

Esse Maximilian era vegetariano desde os catorze anos, por questões de consciência. Adotou um menino de Darfur, chamado Nuri. Jamais viu a criança, mas escrevia-lhe longas cartas. E Nuri lhe respondia e enviava fotos. Em resumo, um assassino sensível. Maximilian não mataria crianças. Tinha também problemas com mulheres idosas. Perdeu muito dinheiro por isso no decorrer de sua carreira. Muito dinheiro mesmo.

Então há Maximilian e eu. E isto é o admirável em nosso universo, uma rica tapeçaria. Eu não sei falar bonito como Maximilian, ou me aprofundar, como ele, em artigos sobre venenos que não deixam sinais no sangue, que aparecem em sites da internet de universidades cujo nome não consigo sequer pronunciar. Mas, em contraste com Mr. Sherman, me disponho a abater uma senhora idosa e concordo em matar crianças pelo peso. Sem gaguejar, sem piscar e sem exigir por isto um adicional no preço.

Meu advogado diz que justamente por isso fui condenado à morte. Hoje, ele diz, não é como antigamente, quando as pessoas preferiam um enforcamento público a uma boa refeição. Nos dias atuais as pessoas já não se entusiasmam tanto em matar assassinos. Isto lhes revira as entranhas, faz com que não se sintam bem consigo mesmas. Mas assassinos de crianças ainda são perseguidos com prazer. A verdade? Não entendo bem por quê. Uma vida é uma vida. E Maximilian Sherman ou os meus justos jurados podem torcer a cara eternamente, mas tirar a vida de uma estudante de vinte e seis anos, bulímica, ou de um motorista de limusine aficionado de poesia de sessenta e oito anos, não é mais nem menos correto do que tirar a vida de um menino de nariz escorrendo de três anos. Os promotores costumam fazer disso um grande caso, eu sei. Eles gostam de perturbar sua cabeça falando de inocência e desamparo. Mas uma vida é uma vida. E como alguém que já teve entre os seus dedos muitos advogados corruptos e políticos sujos, devo dizer que no momento decisivo, o momento em que o corpo estrebucha e os olhos se reviram nas órbitas, neste momento todos são inocentes e todos são desamparados, sem diferença entre religião, idade, raça ou sexo. Mas vá explicar isso a uma advogada aposentada meio surda de Miami, cuja única experiência de perda na vida, além de um marido que nunca suportou, foi com um hamster chamado Charlie que morreu de câncer no intestino grosso.

No julgamento, também alegaram que eu odeio crianças. Trouxeram um antigo caso de gêmeos de seis anos que matei, apesar de não terem sido incluídos no contrato original. Talvez haja algo nisso. E não porque eu tenha um problema com a aparência das crianças, que são até muito bonitinhas. São pessoas, mas pequeninas. Lembram latinhas de Coca-Cola e aquelas embalagens miniaturas de cereais que antigamente distribuíam nos aviões. Mas, e quanto ao comportamento? Desculpe-me. Não sou exatamente um fã de todas estas birras deles e do fato de se jogarem histéricos no chão no meio do shopping. Toda aquela berraria, "papai-vai-embora" e "não-gosto-mais-da-mamãe", e tudo por causa de algum brinquedo de merda de dois dólares que, mesmo se você o comprar, não brincarão com ele por mais do que um minuto. Também abomino as histórias antes de dormir. E não é só aquela situação embaraçosa que o obriga a se deitar ao lado deles na caminha desconfortável, ou a chantagem emocional que não desdenharão em acionar para obter mais uma história. São as próprias histórias. Sempre tão perfeitas, com animaizinhos doces desprovidos de garras ou presas; mentiras ilustradas sobre universos desprovidos de mal, lugares mais chatos que a morte. Já que se fala de morte: meu advogado pensa que nós podemos apelar contra a sentença. Não que vá ajudar, mas, até que esta história chegue às instâncias superiores, pode nos proporcionar um pouco de tempo. Eu disse a ele que não estou interessado. Cá entre nós, o que é que vou obter desse tempo restante? Ficar mais tempo deitado na cela de três por dois? Mais partidas de basquete universitário e programas medíocres de casos reais na televisão? Se o que vai acontecer no final é uma injeção de veneno, então, em vez de ficar enrolando, vamos tomá-la já e vamos em frente.

Quando eu era pequeno, meu pai vivia falando sobre o Paraíso. Falava tanto que nem prestava atenção com quem neste mundo real a minha mãe transava escondido dele. Se tudo o que falou sobre o mundo vindouro é certo, então lá não será monótono. Ele era judeu, o meu pai, mas, na prisão, quando me perguntam, peço que me enviem um padre. De algum modo me parece que estes cristãos são um pouco menos abstratos. E na minha situação, o ângulo filosófico não é tão relevante. O que importa no momento é a prática. Que eu chegarei ao Inferno, isto é um dado certo, e quanto mais informação conseguir extrair do padre, melhor preparado estarei ao chegar lá. Falo por experiência, não há lugar em que estraçalhar uma rótula ou um crânio não permita um upgrade na sua posição, e não importa se é uma instituição de jovens delinquentes na Geórgia, um treinamento básico de fuzileiros navais ou uma ala fechada da prisão de Bangkok. A sabedoria está em identificar com exatidão de quem estilhaçar o quê. E aqui, justamente, o padre deve me ajudar. Em retrospecto, eu poderia ter chamado um rabino ou um cádi ou até um baba hindu mudo, porque este padre tagarela não ajudou nada. Parece um turista japonês, mas se apressa em me explicar que ele já é da quarta geração nos Estados Unidos, que é mais do que pode me dizer. "O Inferno", ele me diz, "é totalmente particular. Exatamente como o Paraíso. E no fim cada um receberá o Inferno ou o Paraíso que merece." Eu não desisto. Quem é o responsável lá? pergunto. Como é que funciona? Há alguma história de alguém que tenha conseguido fugir? Mas ele não responde, só move a cabeça para cima e para baixo como aqueles cachorros que a gente cola no painel do carro. Na terceira vez que pede para eu me confessar, não aguento mais e lhe dou um belo golpe. Minhas mãos e meus pés estão presos, então tem que ser com a cabeça, mas é mais do que suficiente. Não sei de que material são construídos estes padres japoneses, mas o meu desmontou na hora.

Os guardas que me afastam dele me surram: chutes, bordoadas, socos na cabeça. É como se tentassem me dominar, mas eles me espancam só para se divertir. Eu os entendo. É legal bater. A verdade? Curti mais esta cabeçada no padre do que o bife com fritas da minha última refeição, e era um bife muito bom. É legal bater, e o que quer que me aguarde lá, do outro lado da injeção de veneno, posso garantir-lhes que, por mais desagradável que seja para mim, para o filho da puta que estiver ao meu alcance no inferno, será ainda pior, e não me importa se será apenas um pecador, demônio ou o próprio diabo. Este padre japonês sangrando me abriu um apetite daqueles.

A injeção dói. Com certeza poderiam encontrar uma indolor, estes justiceiros puritanos, mas acabaram escolhendo uma que dói. Para punir.

Enquanto agonizo, lembro-me de todos os que matei, da expressão que dominou seus rostos antes que suas almas partissem pelos ouvidos. Pode ser que todos eles me aguardem fervilhando lá do outro lado. Sinto um último estertor no corpo, como se um punho se fechasse com força sobre o meu coração. Minhas vítimas? Que me aguardem, tomara. Será um prazer matá-las de novo.

Abro os olhos. Ao meu redor, mata verde e alta, como na selva. De algum modo imaginei o inferno mais como porão, escuridão de calabouço, mas aqui tudo é verde e o sol no alto queima e ofusca. Abro caminho à minha frente, procuro no solo algo que possa transformar em arma: cajado, pedra, galho afiado. Mas nada. Não há nada ao meu redor exceto mato alto e solo úmido. Perto de mim percebo gigantescos pés humanos. Quem quer que seja, é oito vezes mais alto do que eu, e como eu, não tem arma alguma. Precisarei descobrir nele os pontos fracos: joelho, testículos, laringe. Golpear forte e rápido e esperar que funcione. O gigante se curva. É mais ágil do que eu esperava. Me ergue no ar com força e abre a boca. "Aqui está você", ele me diz e me coloca junto ao peito. "Aqui está você, meu doce ursinho. Você sabe que eu o amo mais do que tudo no mundo." E eu tento aproveitar nossa proximidade para mordê-lo no pescoço, meter-lhe um dedo no olho. Quero, mas o meu corpo não me atende, e, contra a minha vontade, também o abraço. Sinto como os meus lábios se movem sem que eu consiga dominá-los, abrem-se e murmuram, "eu também te amo, Christopher Robin. Te amo mais do que tudo no mundo."

ÔNIBUS AZUL GRANDE

Algumas crianças se jogam no chão e começam a berrar. Choram, têm espasmos e se contorcem até o rosto ficar vermelho e suado, e a saliva e o muco que gotejam da boca e do nariz começam a manchar a pedra cinza da calçada. Diga obrigado por ele não ser um desses.

Foi a esse pensamento que Guilad se agarrou na tentativa de se acalmar. Esse pensamento e uma série de respirações lentas. E isso ajudou. Na calçada ao seu lado encontra-se o pequeno Hilel, os punhos cerrados, a testa franzida, os olhos fechados com força e a boca sussurrando repetidamente as mesmas palavras, como um mantra: "Eu quero Eu quero Eu quero."

Guilad decide sorrir antes de começar a falar. Ele sabe que Hilel não pode ver o sorriso, mas espera que, de alguma forma, algo do sorriso se reflita em sua voz. "Hilel", diz ele através do sorriso, "Hilel, meu docinho, vamos começar a andar antes que seja tarde. Hoje, na creche, vai ter panqueca no lanche e, se não chegarmos a tempo, as outras crianças vão acabar com tudo."

Eu quero Eu quero Eu quero Eu quero Eu quero
Eu quero Eu quero Eu quero Eu quero Eu quero

Antes que ele e Naama se separassem, cuidavam para que Hilel não assistisse à televisão. Naama foi quem começou. Tinha lido algo no *Haaretz*, e Guilad continuou na mesma linha. Parecia fazer sentido. Mas, depois que se separaram, eles já não estavam mais lá para monitorar um ao outro. Em suma, quando você está sozinho, tem menos força para ser consistente. Cada vez que faz uma concessão, sente que o outro progenitor deverá pagar por isso mais tarde, ou pelo menos participar com metade, o que, de repente, torna o preço mais tolerável. Um pouco como jogar uma ponta de cigarro na escada em vez de jogá-la dentro de sua própria casa. E agora que eles não têm mais um lar, ou seja, não têm a mesma casa, espalham sujeira livremente por aí.

Eu quero Eu quero Eu quero Eu quero Eu quero
Eu quero Eu quero Eu quero Eu quero Eu quero

Um dos programas a que Hilel gosta de assistir quando está com Guilad é uma série de desenho animado japonês sobre um menino com poderes mágicos, cujo nome é Tony. A mãe deste menino, que é uma fada, ensinou-lhe uma vez que, se ele apenas fechasse os olhos e dissesse um número suficiente de vezes "eu quero", todos os seus desejos se tornariam realidade. Às vezes, leva menos de um segundo para o sonho de Tony se tornar realidade e, se isso não acontece, sua mãe, a fada, explica que não é porque ele falhou, mas simplesmente porque não repete "eu quero" o suficiente. E assim Tony pode passar quase um episódio inteiro com os olhos fechados com o "Eu quero eu quero eu quero", sem desistir, até que a magia funcione. Quanto aos custos de produção, a ideia era muito econômica, porque em cada episódio pode-se reciclar repetidamente a cena com Tony, a gota de suor brilhando na testa, murmurando sem interrupção "Eu quero eu quero eu quero". É enlouquecedor ficar sentado ali e assistir a isso, mas Hilel fica fascinado.

Eu quero Eu quero Eu quero Eu quero Eu quero
Eu quero Eu quero Eu quero Eu quero Eu quero

Guilad está sorrindo novamente.

– Não vai adiantar, Hilel – diz ele. – Mesmo se você disser um milhão de vezes, não vai adiantar. Não podemos tomar o ônibus para a creche, porque é muito perto. É aqui mesmo, no final da rua. E nenhum ônibus vai até lá.

– Vai adiantar, sim – diz Hilel. E mesmo tendo parado de balbuciar, seus olhos se mantêm fechados, e a testa continua franzida. – De verdade, papai. Vai adiantar, sim. Só que eu não repeti o suficiente. – Guilad pensa em aproveitar esta interrupção do murmúrio para introduzir uma proposta tentadora. Suborno. Talvez uma barra de chocolate. Há uma mercearia ao lado do jardim. Naama não permite chocolate no período da manhã, mas isto não é importante agora. Naama não permite e Guilad sim. É uma situação especial. A sequência desses pensamentos é rápida, mas antes que Guilad tenha a chance de oferecer a barra de chocolate, Hilel já retomou o balbucio.

Eu quero Eu quero Eu quero Eu quero Eu quero
Eu quero Eu quero Eu quero Eu quero Eu quero

Guilad anuncia o chocolate. Ele repete várias vezes. Chocolate. Chocolate. Chocolate. Em voz alta. Perto do ouvido de Hilel. Se Naama estivesse lá, ficaria horrorizada e diria a Guilad para parar de gritar com o menino. Ela é boa nisso, em ficar horrorizada. Fazê-lo sentir em qualquer momento que era um pai abusivo ou um péssimo marido ou simplesmente um ser humano de merda. E isso é também um tipo de talento. Um poder mágico. Magia fraca, é verdade, fraca e irritante, mas ainda assim magia. E que poder superior Guilad pode exibir? Nenhum. Uma mãe mágica, um filho mago, um pai desprovido de poderes. Um seriado japonês. Isto pode continuar assim para sempre.

Eu quero Eu quero Eu quero Eu quero Eu quero
Eu quero Eu quero Eu quero Eu quero Eu quero

Guilad abraça Hilel com ambos os braços, ergue-o no ar e começa a correr. Hilel está quente como sempre. Mesmo agora ele continua balbuciando, mas a partir do instante em que Guilad o segura perto de si, o murmúrio se torna mais calmo e a ruga na testa desaparece. Guilad sente que deve estar murmurando alguma coisa também, junto com o filho. Começa com "Estamos indo para a creche, estamos indo para a creche", e na metade do caminho ele muda para "logo chegaremos logo chegaremos logo chegaremos", e quando estão realmente perto do pátio e do portão elétrico trancado, de repente se transforma em "papai ama papai ama papai ama." Não tem ligação com nada, e a frase não tem um objeto, embora seja óbvio, a Guilad pelo menos, que ele quer dizer que ama Hilel.

Quando entram na creche, ele para de balbuciar e coloca Hilel no chão. Hilel continua, com os olhos fechados: "Eu quero Eu quero Eu quero". Guilad sorri para uma das ajudantes, uma senhora gordinha de quem ele até gosta, e pendura a sacola bordada de Hilel, com uma muda extra de roupas e garrafa de plástico, no gancho onde está escrito "HILEL" em letras de imprensa. Ele começa a se encaminhar para a saída quando a professora o detém.

Eu quero Eu quero Eu quero Eu quero Eu quero
Eu quero Eu quero Eu quero Eu quero Eu quero

Guilad sorri para ela. Está suando após a corrida e ofegando um pouco, mas o seu sorriso diz que está tudo bem. "É algo que o menino viu na televisão ontem", explica ele, a série Tony e as Borboletas Mágicas. Algo japonês, as crianças são loucas por isso..." A professora o apressa do mesmo modo que ele a viu fazer com crianças malcomportadas. É um insulto, mas ele prefere não reagir. Tudo o que ele quer é sair dali. E quanto mais calmo e simpático, ele sabe, poderá sair dali mais rápido. E ele pode sempre dizer para a professora que tem alguma reunião no escritório ou algo assim. Afinal, ela sabe que ele é advogado.

Eu quero Eu quero Eu quero Eu quero Eu quero
Eu quero Eu quero Eu quero Eu quero Eu quero

A professora tenta falar com Hilel. Toca-lhe no rosto suavemente, mas Hilel não para de balbuciar e não abre os olhos. O instinto de Guilad é dizer a ela que não vai adiantar, mas não tem certeza se isso vai funcionar a seu favor. Talvez agora, pensa, talvez agora seja o momento certo para falar da reunião no escritório e simplesmente sair.

Eu quero Eu quero Eu quero Eu quero Eu quero
Eu quero Eu quero Eu quero Eu quero Eu quero

"Sinto muito", diz a professora. "Você não pode deixá-lo aqui nesse estado." Guilad tenta explicar que não é um estado. É só algum lixo que eles mostram na televisão, é como um jogo. Não significa que a criança esteja sofrendo ou qualquer coisa assim. Está apenas obcecada com esse absurdo. Mas a professora não quer ouvir, e Guilad não tem escolha a não ser pegar Hilel novamente. A professora os acompanha até a saída, e, ao abrir o portão, diz em um tom simpático que seria conveniente ligar para Naama, porque isso não é algo que possa ser ignorado; Guilad concorda com ela logo e diz que vai cuidar disso, principalmente porque tem medo de que ela própria ligue para Naama.

Eu quero Eu quero Eu quero Eu quero Eu quero
Eu quero Eu quero Eu quero Eu quero Eu quero

Fora da escola, Guilad coloca Hilel na calçada e diz em um tom relativamente calmo: "Qual ônibus?" e quando Hilel continua balbuciando, ele repete a pergunta mais alto: "Qual ônibus?" Hilel se cala, abre a olhos, lança a Guilad um olhar penetrante e diz "um ônibus azul grande." Guilad concorda com a cabeça e tenta parecer completamente normal, completamente sem lágrimas; pergunta se é importante que o ônibus tenha um número específico. E Hilel sorri e balança a cabeça.

Caminham em direção à rua Dizengoff e esperam no ponto de ônibus. O primeiro que chega é vermelho. Eles não embarcam. Logo depois chega outro. Azul e grande. Linha 1 para Abu-Kabir. Enquanto Guilad compra o bilhete, Hilel espera pacientemente, conforme tinha prometido e, em seguida, passa cuidadosamente pelo corredor segurando as colunas. Eles se sentam na parte de trás, um ao lado do outro. O ônibus está completamente vazio. Guilad tenta se lembrar da última vez que esteve em Abu Kabir. Ainda fazia seu estágio e alguém do escritório o enviou para o Instituto Médico Legal para fotocopiar um relatório de autópsia. Foi antes de perceber que o direito penal não era para ele. Hilel queria saber se aquele ônibus ia para a creche, e Guilad disse mais ou menos, ou seja, metaforicamente, no fim ele chega lá. Se Hilel tivesse perguntado agora o que queria dizer metaforicamente, como fazia às vezes quando se deparava com palavras como esta, ele teria um problema. Mas Hilel não pergunta.

Ele só coloca sua mãozinha na coxa de Guilad e olha para fora da janela. Guilad se inclina para trás, fecha os olhos e tenta não pensar em nada. O vento pela janela aberta é forte, mas não demais. Seu corpo respira lentamente e os lábios não estão se movendo, mas em seu coração ele não para de dizer "Eu quero Eu quero Eu quero Eu quero Eu quero."

HEMORROIDA

Esta é a história de um homem que sofria de hemorroida. Não muitas hemorroidas, de uma hemorroida única e solitária. Esta hemorroida começou pequena e perturbadora, mas bem rápido transformou-se em mediana e irritante, e em menos de dois meses já era grande e dolorida. O homem continuou a tocar a vida: trabalhava diariamente até tarde, divertia-se no fim de semana e transava quando era possível. Mas esta hemorroida, que estava ligada a uma veia, lembrava-lhe sempre que se sentava por um longo tempo, ou em cada movimento de esforço do intestino, que viver é sofrer, que viver é suar, que viver provoca uma dor que você não pode esquecer. E assim, antes de qualquer decisão importante, o homem dava atenção à sua hemorroida como outros ouvem a consciência. E a hemorroida, como tal, lhe dava conselhos imbecis. Conselhos sobre quem demitir, conselhos sobre almejar mais, conselhos sobre comprar briga e também sobre contra quem conspirar. E funcionava. A cada dia que passava o homem conseguia cada vez mais. Os lucros da empresa que dirigia aumentavam sem parar e, junto com eles, aumentava também a hemorroida. Até que a certa altura, a hemorroida suplantou o homem. E mesmo então, ela não parou. Até que finalmente tornou-se presidente do conselho da empresa. E às vezes, quando se sentava na sala de reuniões, o homem sob ela a incomodava um pouco.

Esta é a história de uma hemorroida que sofria devido a um homem. A hemorroida continuou a tocar a vida: trabalhava diariamente até tarde, divertia-se no fim de semana e transava quando era possível. Mas este homem, que estava ligado a uma veia, lembrava, sempre que se sentava por um longo tempo, ou em cada movimento de esforço do intestino, que viver é desejar, viver é queimar, viver é fracassar, mas também esperar que a sorte mude. E a hemorroida dava atenção ao homem como as pessoas ouvem o estômago roncando e exigindo comida – sem grande vontade, mas aceitando. Graças a esse homem, a hemorroida empenhou-se em acreditar que poderia viver e deixar viver, e poderia aprender a perdoar. Poderia controlar seu desejo de menosprezar os outros. E até quando xingava, tentava não incluir a mãe alheia. E assim, graças ao homem pequeno e incômodo sob ela, a hemorroida se transformou na mais querida de todos: das hemorroidas, das pessoas e, naturalmente, dos satisfeitos acionistas da empresa espalhados pelo mundo.

SETEMBRO O ANO TODO

Quando a grande depressão começou, a NW foi a mais atingida. O produto deles era destinado à classe alta, que deveria estar imune a depressões, mas, após os distúrbios em Chicago, até os milionários pararam de comprar. Parte deles devido à situação econômica instável, mas a maioria por não querer encarar os vizinhos. As ações encontravam-se em baixa nas Bolsas mundiais, sangrando porcentagens sobre porcentagens. E a NW transformou-se em símbolo da depressão. O *Wall Street Journal* dedicou-lhes uma reportagem de capa com o título "MAUS VENTOS EM SETEMBRO", uma alfinetada na propaganda deles, "SETEMBRO O ANO TODO", em que se via uma família vestida em trajes de banho em meio a um dia ensolarado de outono enfeitando um pinheiro para o Natal. Esta propaganda alastrou-se como fogo. Uma semana depois que começaram a transmiti-la já haviam vendido três mil unidades por dia. Homens ricos compraram, assim como gente menos rica que tentava impressionar. E a NW, sistema de controle climático, transformou-se em símbolo de status, marca oficial de milionários. O que o avião particular simbolizou na década de 1990 e início dos anos 2000, eles simbolizavam hoje. "Nice Weather", temperatura para ricos. Se você vive na congelada Groelândia e a neve e o cinza o deixam louco, basta passar o seu cartão de crédito, e eles, com um ou dois satélites, lhe arranjarão uma varanda inundada de sol, com uma brisa de outono de Ibiza todos os dias do ano.

Muki Eylon foi um dos primeiros a comprar o sistema. Gostava do seu dinheiro e tinha muita dificuldade de se separar dele, contudo, mais do que amar os milhões que tinha ganhado com venda de armamento e drogas para a Rodésia, odiava o verão úmido de Nova York, a sensação desagradável de camiseta suada grudada nas costas. Comprou o sistema não só para si, mas também para todo o quarteirão. Houve quem interpretasse isso erroneamente como generosidade, mas a verdade é que o fez porque queria que a maravilhosa temperatura fosse mantida até o minimercado na esquina. Aquela loja, além de lhe vender cigarros Noblesse, que importava especialmente para ele, de Israel, também indicava para Muki, mais do que tudo, o seu nível de vida. E desde que Muki assinou o cheque, o clima no quarteirão tornou-se simplesmente um oásis. Sem chuvas desoladoras e sem calores ardentes. Simplesmente setembro o ano todo. E não, Deus o livre, o setembro volátil e irritante de Nova York, mas o das cidadezinhas próximas a Haifa em que havia crescido. Até que de repente ocorreram aqueles distúrbios em Chicago, e os vizinhos começaram a exigir que ele fechasse imediatamente o outono perene deles. No início, ele os ignorou, mas então vieram as cartas de advogados e alguém até deixou um pavão morto no para-brisa do seu carro. Depois disso, a mulher dele também pediu que fechasse. Era janeiro. Muki apagou o sol quente e o dia se tornou, em um instante, curto e triste. Tudo por causa de um pavão morto e da esposa anoréxica e ansiosa que, como sempre, conseguiu dominá-lo com sua fraqueza.

A recessão foi se agravando. As ações da NW em Wall Street chegaram ao chão. Não só elas, também as da empresa de Muki. E pouco depois de despencarem, a coisa piorou e as ações continuaram a cair. Estranho, a lógica diz que armas e drogas se fortalecem exatamente em períodos de recessão mundial, mas ocorreu o oposto. As pessoas não tinham dinheiro para comprar remédios, e logo descobriram o que tinham esquecido havia tempos: armamento é supérfluo, como vidro elétrico em automóveis, e às vezes basta uma pedra grande para estraçalhar a cabeça de alguém. Todos aprenderam muito depressa a se ajeitar sem os fuzis de Muki, muito mais rápido do que ele próprio conseguiu se acostumar ao clima triste de meados de março. E Muki Eylon, ou "Muki Milhão", como os colunistas financeiros gostavam de chamá-lo, faliu.

Sobrou o apartamento; o ágil contador da empresa ainda conseguiu registrá-lo retroativamente no nome da mulher anoréxica de Muki, mas todo o resto foi embora.

Levaram até os móveis. Quatro dias depois chegou o técnico da NW para desconectar o sistema. Quando bateu à porta, estava totalmente molhado da chuva. Muki trouxe um bule de café quente e eles conversaram. Muki lhe contou que pouco depois dos distúrbios em Chicago ele tinha parado de utilizar o sistema. O técnico lhe disse que muitos clientes pararam. Falaram sobre os distúrbios, quando uma multidão furiosa das favelas, raivosa e congelada de frio, arrefeceu a ira apossando-se de bonitas mansões de veraneio. "O sol nos deixou doidos", contou um dos invasores para um programa de debates alguns dias mais tarde. "Nós aqui congelando, sem dinheiro para aquecimento, e esses cachorros, esses cachorros..." Neste ponto, ele irrompeu em choro. Seu rosto foi borrado na transmissão para que não pudessem identificá-lo, de modo que não se podia bem ver as lágrimas, mas foi possível ouvi-lo soluçando como um animal atropelado. O técnico, que era negro, disse que tinha nascido naquele bairro de Chicago e que hoje tinha vergonha de contar isso. "Esse dinheiro", ele disse a Muki, "esse dinheiro maldito só fodeu o nosso mundo."

Depois do café, quando o técnico já estava se preparando para desconectar o sistema, Muki lhe pediu que deixasse acionar o satélite uma última vez. O homem deu de ombros, e Muki interpretou o gesto como um sim. O técnico apertou alguns botões no controle e o sol surgiu de repente por trás da nuvem. "Não é um sol verdadeiro, você sabe", disse com orgulho, "é simplesmente uma imagem de sol. Fazem isto com lasers." Muki piscou para ele e disse, "deixe, não estrague. Para mim é sol." E o técnico sorriu e disse: "Beleza de sol. Pena que não dá para manter até que eu volte para o carro. Não aguento mais essa chuva." Muki não respondeu, apenas fechou os olhos e deixou os suaves raios de sol acariciarem o seu rosto.

JOSEF

Há conversas que são capazes de modificar a vida de alguém. Tenho certeza disto. Quer dizer, quero acreditar. Sento num café com um produtor. Ele não é bem um produtor, jamais produziu alguma coisa, mas quer produzir. Tem uma ideia para um filme e quer que eu escreva o roteiro. Explico-lhe que não escrevo para cinema e ele aceita isso e chama a garçonete. Estou certo de que vai pedir a conta, mas ele pede mais um expresso. A garçonete me pergunta se também quero mais alguma coisa, e eu peço um copo de água. O que quer ser produtor se chama Yossef, mas se apresenta como Josef. "Ninguém", diz ele, "é de fato chamado de Yossef. Sempre é Sefi ou Yossi ou Yos, então adotei Josef." Ele é perspicaz, esse Josef. Capta o que digo em um segundo, "Você está ocupado, não é?" diz, me vendo olhar o relógio, e logo acrescenta, "muito ocupado. Viaja, trabalha, escreve e-mails." Não há nenhuma maldade ou ironia no modo com que diz isso. É uma espécie de constatação de fatos, no máximo uma expressão de simpatia. Aceno com a cabeça. "Você tem medo de não estar ocupado?", pergunta. Aceno novamente. "Eu também", ele diz e sorri com os dentes amarelados. "Porque deve haver algo lá embaixo. Algo ameaçador. Não fosse assim, não trituraríamos o nosso tempo em fragmentos tão pequenos para toda espécie de projetos. E você sabe do que é que tenho mais medo?", pergunta. Eu hesito um instante, penso o que responder, mas Josef já continua. "De mim, do que eu sou. Você conhece esse nada que preenche você um instante depois que goza? Não com alguém que você ama, com qualquer uma. Ou quando você bate uma. Conhece isto? Disto, eu tenho medo, de espiar dentro de mim e não encontrar nada. Não simplesmente um nada padronizado. Um nada angustiante, não sei exatamente que nome dar a isso..."

Agora ele fica calado. Sinto-me desconfortável com esse silêncio. Se fôssemos mais próximos, talvez eu pudesse ficar calado junto com ele. Mas não no nosso primeiro encontro. Não depois de uma frase assim. "Por vezes", tento responder sinceramente, "a vida me parece uma armadilha. Algo em que você entra sem suspeitar, e ela se fecha sobre você. E quando você está dentro, dentro da vida, quero dizer, então não há para onde fugir, exceto talvez se suicidar, que também não é exatamente uma fuga, é mais uma desistência. Sabe a que me refiro?"

"É foda", diz Josef, "é simplesmente foda você não escrever o roteiro." Há algo muito estranho no modo como ele fala. Até xingar ele não xinga como outras pessoas. Não sei o que dizer depois disso, então fico calado. "Não tem importância", ele diz um instante depois, "o fato de você ter dito 'não', só me dará uma chance de encontrar outras pessoas, tomar mais café. Porque esta é a melhor parte em todo esse negócio. Produzir mesmo não parece ser exatamente para mim." Pelo visto, devo ter concordado, porque ele reagiu. "Você acha que eu não dou para isto, não é? Que eu não sou de fato um produtor, que sou apenas alguém com um pouco de dinheiro da família e que fala bastante." Aparentemente continuo a concordar, não de forma intencional, devido à pressão, porque agora ele ri. "Você tem razão", diz, "ou talvez não e eu ainda venha a surpreender você. E a mim mesmo."

Josef pede a conta e insiste em pagar. "O que acha da nossa garçonete?", pergunta enquanto esperamos que passem o cartão de crédito. "Você acha que ela também está tentando fugir? De si mesma, quero dizer." Dou de ombros. "E aquele cara que acabou de entrar, de casaco? Veja como está suando. Provavelmente está fugindo de alguma coisa. Quem sabe devamos formar uma *start-up*? Em vez de um filme, façamos um programa que identifique pessoas que fogem de si mesmas, que têm medo do que descobrirão. Pode ser um sucesso." Olho para o sujeito que está suando de casaco. É a primeira vez na vida que vejo um terrorista suicida. Depois, no hospital, repórteres de redes estrangeiras pedirão que eu o descreva e direi que não me lembro. Porque me parecerá algo pessoal, algo entre nós dois. Josef também sobreviverá à explosão. A garçonete, não. Isto não depõe contra ela. Em atentados assim, o caráter não é um fator. Tudo, afinal, é uma questão de ângulo e distância. "Este que acabou de entrar está com certeza fugindo de algo", Josef dá uma risadinha e vasculha os bolsos em busca de moedas para a gorjeta. "Talvez ele concorde em escrever o filme para mim ou ao menos se encontrar em algum café." Nossa garçonete, cardápio plastificado na mão, se aproxima, saltitante, do sujeito suado de casaco.

REFEIÇÃO DE ENLUTADOS

Ela decidiu abrir o restaurante já na manhã seguinte ao enterro. Quando Itamar ouviu isso, simplesmente explodiu. "Faz só uma hora que você enterrou o seu marido e já precisa correr para vender çorba?" Não temos çorba no cardápio, Itamar, Maja disse com tranquilidade, "e não tem absolutamente nada a ver com dinheiro. Tem a ver com pessoas. É melhor para mim ficar com clientes no restaurante do que em casa, sozinha." "Mas foi você que insistiu para que não cumpríssemos a shivá do luto", irritou-se Itamar. "Você disse que não queria todo esse aborrecimento..." "Não foi pelo aborrecimento", Maja protestou. "Não se cumpre a shivá por pessoas que doam o corpo para a ciência. É um fato. Quando o pai de Horoshovsky morreu, ninguém..." "Dá um tempo, mamãe", Itamar a interrompeu, "sem essa de Horshovsky, Shiferman e de Sra. Pintshevski da rua Bialik 21. Deixa essa gente toda fora disso. Só nós, está bem? Você acha justo abrir o restaurante logo no dia seguinte à morte de papai, como se fosse uma coisa normal?" "Sim", Maja insistiu, "no meu coração não será uma coisa normal, mas, para os que vêm ao restaurante, sim. Seu pai pode estar morto, mas o negócio está vivo." "O negócio está morto também", Itamar disse, rangendo os dentes. "Está morto há anos". "Nem um cachorro entra lá."

No hospital, quando comunicaram que Gideon tinha morrido, ela não chorou. Mas depois do que Itamar disse, sim. Não perto dele, naturalmente; todo o tempo em que ele permaneceu lá, ela manteve as aparências. Mas assim que ele saiu, ela chorou feito um bebê. "Isto não significa que eu não seja uma boa esposa", convenceu-se entre soluços. "Estou muito mais abalada com a morte de Gideon do que com as coisas que Itamar disse, mas de insulto é muito mais fácil chorar." Era verdade.

Desde que se mudaram para a praça Atarim, realmente a frequência diminuíra. Ela sempre se opusera à mudança, mas Gideon dizia que aquela era a grande oportunidade deles, "a oportunidade única na vida". E, desde então, toda vez que brigavam, ela o lembrava daquela "oportunidade única na vida", e agora que ele estava morto, não havia mais a quem lembrar.

Ela e o tailandês ficaram sentados no restaurante vazio por três horas sem trocar uma palavra. O tailandês gostava muito de Gideon, que tinha muita paciência com ele. Costumava lhe explicar por horas como fazer o tsholent e o guefilte, e toda vez que o tailandês estragava alguma coisa e Maja deixava escapar um "pshakref cholera", Gideon se apressava em acrescentar, "Não faz mal, não faz mal." Se não aparecerem clientes até as três, vou fechar, ela pensou. Não só hoje. Para sempre. Duas pessoas no negócio é diferente. Quando está lotado, há alguém para ajudar, e quando não, ao menos há com quem falar. "Você OK?", perguntou o tailandês, e Maja anuiu e tentou sorrir. Talvez até antes mesmo das três. Ela simplesmente fecharia e iria embora.

Eles eram um pouco menos de vinte, e assim que pararam na entrada e olharam o cardápio pendurado na porta, ela soube que haveria confusão. O que entrou primeiro era gigante, mais do que uma cabeça maior do que ela, de cabelo prateado e sobrancelhas grossas como um tapete. "Está aberto?", ele perguntou, e ela hesitou por um instante, mas, até conseguir responder, o restaurante já estava cheio de unhas com esmalte roxo e dourado, cheiro forte de vodca e gritos de crianças. Ela e o tailandês juntaram algumas mesas e, quando ela se aproximou com o cardápio, o grandalhão lhe disse, "Não precisa agora, senhora, não precisa. Só, por favor, prato, garfo e faca para todos."

Somente quando arrumou os pratos com o tailandês é que ela percebeu as caixas de piquenique. Tiraram delas comida e garrafas de bebida e começaram a encher os pratos. Sem vergonha alguma. Se Gideon estivesse vivo, ele os poria porta afora, mas ela nem tinha força para dizer algo. "Agora venham, sentem conosco e comam", o altão ordenou, e Maja fez sinal para que o tailandês se sentasse com eles à mesa e, sem muita vontade, fez o mesmo.

"Beba, senhora", disse o altão, "beba", e encheu o copo dela de vodca. "Hoje é dia especial." E quando ela lhe lançou um olhar interrogativo, ele acrescentou com uma piscada, "Hoje é dia que nós descobrimos seu restaurante e de seu colega japonês. Por que você não comer?"

A comida que eles trouxeram era saborosa, e depois de um trago ou dois Maja já não se importou com a grosseria deles. Mesmo não tendo pedido nada e sujado toda a louça, ela se alegrou por terem vindo e preenchido tudo com seus gritos e risadas. Ao menos assim, ela não precisou ficar sozinha. Beberam à saúde dela, ao sucesso do restaurante, e até à saúde de Gideon. Por alguma razão que não conseguiu entender, Maja contou que ele se encontrava no exterior a negócios. Beberam, então, à saúde dos negócios de Gideon no exterior e à saúde de Josef, assim eles chamavam o tailandês, à saúde da família dele, e depois brindaram ao país. E Maja, já um pouco embriagada, tentou lembrar quantos anos tinham se passado desde a última vez em que fizera um brinde ao país. Depois que acabaram tudo o que havia nas caixas, o altão perguntou o que ela achava da comida deles, e Maja disse que era ótima. "Beleza", o homem sorriu. "Fico feliz. E agora, por favor, o cardápio daqui." No primeiro instante Maja não entendeu o que ele queria, talvez por causa da vodca, mas o altão se apressou em explicar: "Você se sentou conosco e comeu nossa comida. Agora é hora de sentar com você e comer sua comida."

Pediram do cardápio, como se nada tivessem comido, e comeram vorazmente. Saladas, sopas, carnes, e até sobremesa. Se ela soubesse que iriam pedir, não teria bebido tanto. Mas apesar do álcool, talvez, na verdade, por causa dele, o trabalho na cozinha foi fácil e agradável. Até Josef, que parecia ainda mais bêbado do que ela, não estragou nada. "Sua comida é apetitosa, senhora", disse o altão ao tirar a carteira para pagar. "Muito gostosa, até melhor do que a nossa." E quando acabou de contar as notas e as colocou na mesa, acrescentou, "Seu marido, quando volta do exterior?" Maja hesitou um instante antes de responder, e depois disse que ainda não era certo e que tudo dependia dos negócios dele por lá. "Viajou e deixou mulher assim sozinha?" o altão disse em tom desaprovador mesclado de tristeza, "Isto não é bom." E Maja, que queria muito dizer que era bom, que tudo estava bem, de verdade, e que estava se ajeitando muito bem, viu-se concordando com ele e sorrindo, como se os seus olhos não brilhassem com lágrimas.

MAIS VIDA

Ouçam uma história doida. Gêmeos idênticos de Jacksonville, Flórida, conheceram gêmeas idênticas de Daytona, também na Flórida. Conheceram-se pela internet. Quer dizer, no início só um casal se conheceu, Tod e Nicky, e quando Tod trouxe Nicky para jantar na casa dos pais, seu irmão gêmeo, Adam, ficou muito entusiasmado. E então Tod lhe contou que Nick tinha uma irmã. Não simplesmente uma irmã, uma gêmea idêntica. Tod e Nicky organizaram este encontro às cegas. Claro que não era exatamente um encontro às cegas, porque tanto Michelle como Adam sabiam exatamente qual era a aparência da outra parte. E para atenuar o embaraço, eles marcaram um encontro duplo, e os quatro foram ao drive-in assistir a um filme. E a qual filme eles foram assistir? Não, não *Gêmeos*, com Schwarzenegger e DeVito. Foram assistir a *Ligações perigosas*. Dá para imaginar? Apesar disso, tudo deu certo. As garotas trataram de usar vestidos de cores diferentes para que fosse mais fácil reconhecê-las, e os rapazes vieram de jeans e camiseta branca, e estavam exatamente iguais. Depois do filme, foram jantar, e em algum momento constrangedor, de que ela se lembraria ainda por muitos anos, Nicky beijou Adam por engano, pensando que fosse Tod.

Quando você encontra alguém e se apaixona, qual é a sua sensação mais forte? Não sei em relação a você, mas em momentos assim eu sempre sinto que estou com alguém que é único no mundo. Mas, quando Michelle e Adam se sentaram um em frente ao outro, o que foi que eles pensaram exatamente? Que não há ninguém nesse mundo como Adam? Que não há ninguém à mesa como Michelle? O que quer que tenha sido, no fim acabou em casamento. Na prática, não foi bem assim. No fim, acabou em morte, mas, em alguma etapa intermediária, passou por casamento.

Michelle e Adam se casaram um ano depois que Tod colocou uma aliança no dedo de Nicky. Gêmeas idênticas que se casam com gêmeos idênticos. Não sei se algo assim ocorreu alguma vez na história. Não só na da Flórida, na história do mundo. Foi tão estranho, que eles até foram convidados para um talk-show, e não estou falando de um canal local, foi algo nacional da CBS. Porém, Michelle disse não, porque alegou que se sentiria como a mulher barbada do circo. "Eles não estão nos convidando por causa de algo que fizemos", tentou explicar a Adam. "Querem nos exibir só porque isto lhes parece estranho. Certamente nos dirão para nos vestirmos igual e começarão a perguntar para Nicky e para mim por que temos o mesmo corte de cabelo. E mesmo se tentarmos alegar que é o corte que mais combina conosco, isto sairá distorcido. Eles nos querem como uma espécie de freak show. E aposto que o apresentador nos ridicularizará com todo tipo de piadinhas em que acabaremos ficando mal. E o público em casa vai rir, e você e Tod também vão rir, porque vocês riem por qualquer coisa, e só eu não saberei onde enfiar a minha cara. Entendeu?"

Adam não entendeu. Ele gostaria muito de aparecer num programa assim. Nunca tinha estado na televisão, e sabia que a turma no trabalho faria a maior festa se o visse em um programa de entrevistas. E também os clientes. Poderia ser uma boa experiência para ele, mas nem tentou discutir. Porque com Michelle, a partir do momento em que ela decidia alguma coisa, já estava fora de questão, não ouvia ninguém. Por fim, foi Adam que apareceu na televisão, no horário nobre e em todo o continente. Ele não estava exatamente no estúdio, mas todo o país assistiu ao vídeo doméstico antigo em que ele aparecia jogando basquete com Tod. Justamente no instante em que ele sorriu e acenou para a câmera, podia-se ver Tod tomando-lhe a bola e fazendo uma cesta. "Desde então", disse o apresentador no estúdio, "podia-se sentir a rivalidade entre eles." E, embora de fato não houvesse ali qualquer rivalidade, é assim que a coisa funciona na televisão.

Na realidade, as relações entre Adam e Tod eram excelentes. Em geral os dois casais se davam muito bem.

Não moravam longe um do outro e saíam juntos para se divertir nos finais de semana. E quando começaram a falar de filhos, até planejaram tê-los mais ou menos na mesma época, para que crescessem juntos. E estes projetos certamente se concretizariam, não fosse pelo que aconteceu. Embora ninguém suspeitasse de nada. Mesmo olhando para trás, era difícil prever algo assim. E se aconteceu de algum vizinho ter visto, por engano, Nicky e Adam se beijando na rua ou na varanda, certamente pensaria que era Tod, ou que ela fosse Michelle.

E assim o caso deles se estendeu por mais de um ano. Em algum momento eles até pensaram em revelar tudo, contar para todos, divorciar-se e casar-se com o outro. Mas Nicky sabia que isto destruiria Michelle, e Adam também sentia um pouco de pena dela e até de Tod, que, mesmo tendo magoado Adam mais de uma vez, no passado, sempre o amara e queria o seu bem. Houve também o momento em que Nicky propôs que parassem. Isto foi quando ela começou a suspeitar que Tod estava desconfiado. Não havia nada específico, mas ela tinha uma sensação estranha, e eles realmente pararam de se encontrar por algumas semanas. Mas, em seguida, voltaram a ficar juntos, porque o afastamento, verificou-se, era impossível para ambos.

Só conheci Nicky alguns anos depois que toda esta história acabou. Adam estava morto, e Tod já cumprira pena por isto. Michelle não falou uma palavra com Nicky depois que o caso todo foi descoberto; no caso dela, no dia em que Tod disparou três balas na cabeça de Adam à queima-roupa. Michelle nunca foi capaz de perdoar. Fui então convidado como professor visitante de uma universidade do Meio Oeste, e Nicky era a secretária do departamento. Ouvi a história dela pela primeira vez por outra professora do setor, também convidada, da Turquia, e, depois, por ela mesma. Isto foi antes de transarmos.

Ela contou que tinha ido embora da Flórida para se distanciar de tudo, mas não adiantou, porque também ali todos sabiam e falavam do caso pelas suas costas. Contou que, de modo muito estranho, "obstinado", como sua irmã Michelle certamente denominaria, ela sentia falta de toda essa questão de gêmeos, de como as pessoas se confundiam entre ela e Michelle na rua. "De algum modo", lembro que ela me contou, antes de nos beijarmos, "quando você tem uma irmã gêmea idêntica no mesmo bairro, você sente mais. Como se você fosse mais de uma pessoa e, além da sua vida, tivesse mais uma a ser vivida. Se quiser, você pode explicar que era sua irmã quando alguém lhe diz 'Vi você há uma hora tomando um sorvete de baunilha' ou 'vi você de vestido rosa no ponto de ônibus'. Mas, de alguma forma, sente como se realmente fosse um pouco você tomando aquele sorvete e usando aquele vestido rosa. Esta é uma sensação muito estranha, como se você vivesse outra vida e fizesse, nesta extensão, todo tipo de coisas misteriosas que jamais saberá." Não era só disso que ela sentia falta; também do marido, e, sobretudo, de Adam. O homem que parecia exatamente, mas exatamente igual ao marido dela, que estava agora na prisão, e alguém que, sem nenhuma justificativa, ela amava muito mais.

Na mesma noite eu também lhe contei a minha história. E a minha traição. Não com a irmã da minha esposa, mas com alguém do trabalho. Ela era mais jovem que a minha mulher, e muito menos atraente, mas também eu sentia exatamente como Nicky, que eu estava ganhando mais vida. Não necessariamente uma vida mais bemsucedida ou promissora do que aquela que eu já tinha. Porque pensava que esta vida vinha em adição e não no lugar de, eu a absorvi sem hesitar um segundo. No meu caso, ninguém atirou em ninguém, e minha mulher, apesar de ter suspeitado, nunca sequer nos pegou juntos. Ela e eu continuamos nossa vida em comum. Só que, como todas essas coisas na vida que você acredita que sejam gratuitas, por este romance no trabalho também tive que pagar algo. Quando me propuseram este trabalho por um ano no exterior, ela preferiu ficar em Israel. O motivo oficial eram os filhos, para os quais esta transferência seria difícil, mas a verdade é que lhe convinha ficar longe de mim por um tempo.

Conheci Nicky muito depois de prometer a mim mesmo que não trairia mais. Ainda assim traí. E não que houvesse ali um grande amor. Foi simplesmente uma tentativa de ganhar um pouco mais de vida.

UNIVERSOS PARALELOS

Há uma teoria científica que alega que há bilhões de outros universos, paralelos a este em que vivemos, e que cada um deles é um pouco diferente. Há alguns em que você nunca teria nascido e outros em que não desejaria nascer. Há universos paralelos em que estou transando com um cavalo, há aqueles em que ganhei o grande prêmio da loteria. Há universos onde estou deitado no chão do quarto sangrando lentamente até morrer, e aqueles em que sou eleito, por maioria de votos, para o cargo de presidente do país. Mas este conjunto de universos paralelos não me interessa agora. Interessam-me só aqueles em que ela não está feliz casada e tem um menininho doce. Em que está totalmente só. Há muitos universos assim, tenho certeza. Tento pensar neles agora. Dentre todos esses universos, há aqueles em que jamais nos encontramos. Eles também não me interessam no momento. Dentre os que restaram, há aqueles em que ela não me quer. Ela me diz não. Em alguns deles, de forma delicada, em outros, de modo ofensivo. Nenhum deles me interessa. Restaram somente aqueles em que ela me diz sim, e eu seleciono um deles, mais ou menos como se escolhe uma fruta na quitanda. Escolho o mais bonito, mais maduro, mais doce. É um universo em que o clima é perfeito. Nunca é quente demais ou frio demais, e vivemos ali em uma pequena cabana na floresta. Ela trabalha na biblioteca municipal, quarenta minutos de viagem de nossa casa, e eu trabalho no setor de educação do conselho regional, no prédio em frente àquele em que ela trabalha. Da janela do meu escritório posso às vezes vê-la recolocando livros nas prateleiras. Sempre almoçamos juntos. E eu a amo e ela a mim. E eu a amo e ela a mim. E eu a amo e ela a mim. Eu daria tudo para me transferir para esse universo, mas, por enquanto, até que eu encontre o caminho, só me resta pensar nele, o que não é pouco. Posso me imaginar vivendo lá no meio da floresta. Com ela, em total felicidade. Há um sem-número de universos paralelos no mundo. Em um deles estou transando com um cavalo, no outro ganhei o grande prêmio da loteria. Não quero pensar neles agora, somente naquele, naquele universo com a casa na floresta. Há um universo em que estou deitado com as veias cortadas, sangrando no chão do quarto. É o universo onde foi-me decretado viver até que isso acabe. Não quero pensar nele agora. Somente naquele universo. Uma casa na floresta, sol se pondo, dorme-se cedo. Na cama, meu braço direito está solto, estanque, ela dorme sobre ele, e estamos abraçados. Ela está deitada sobre ele há tanto tempo que começo a parar de senti-lo. Mas não me mexo, está bom para mim assim, com o braço debaixo do seu corpo quente, e continua sendo bom mesmo quando paro de sentir o braço totalmente. Sinto a respiração dela no meu rosto, ritmada, regular, não acaba. Meus olhos começam a se fechar agora. Não só naquele universo, na cama, na floresta, também em outros universos sobre os quais não quero pensar agora. É bom para mim saber que há outro lugar, no coração da floresta, em que adormeço agora feliz.

UPGRADE

Eu falo demais. Às vezes enquanto estou falando, falando, falando, chega aquele momento, bem no meio da conversa, em que percebo que a pessoa do meu lado já não está prestando atenção. Continua a mover a cabeça, mas os seus olhos estão completamente anuviados. Está pensando em outra coisa, algo melhor do que aquilo que tenho para dizer.

Eu poderia discordar dessa hipótese, é natural. Poderia discordar de tudo. Minha mulher diz que eu seria capaz de discutir com um abajur. Eu poderia discutir a questão com o sujeito ao meu lado, mas não há prazer nisto. Ele já não presta atenção em mim. Está em outro mundo. Um mundo melhor, ao menos na opinião dele. E eu? Continuo falando, falando, falando. Como um carro cujo freio de mão está puxado, as rodas travadas, mas que continua a deslizar na pista.

Gostaria de parar de falar. De fato, gostaria. Mas as palavras, as frases, as ideias têm uma energia própria. É impossível simplesmente detê-las, trancar os lábios e interromper as palavras, bem ali, no meio de uma frase. Há pessoas que são capazes de fazer isto, eu sei.

Principalmente mulheres.

E quando elas silenciam, isto desperta culpa em quem se encontra perto delas. Provoca no ouvinte um desejo, uma profunda necessidade de inclinar-se para a frente, abraçá-las e dizer, "Lamento".

Dizer, "Eu te amo."

Eu daria tudo para ser capaz de fazer isto, esta bendita parada. Eu a aproveitaria muito bem. Eu pararia de falar perto das garotas que realmente valem a pena, e elas desejariam me abraçar, me apertar, me dizer, "Amo você." E mesmo se no final elas não o fizessem, o simples fato de quererem teria valido alguma coisa. Valido muito.

Naquele dia não consigo parar de falar com um homem chamado Michael. Ele é designer gráfico de um jornal ultraortodoxo no Brooklyn, e estava viajando de Nova York para Louisville, no Kentucky, para fazer companhia ao tio na sucá. Ele não é especialmente próximo ao tio, nem gosta muito especialmente de Louisville, mas o tio lhe enviou a passagem de presente, e Michael é louco pelas milhagens dos programas de fidelidade. Ele fará uma viagem para a Austrália dentro de alguns meses e, com os pontos do voo para Louisville, poderá obter um upgrade para a classe executiva. Em voos longos, Michael me diz, a diferença entre executiva e econômica é como o dia e a noite.

– O que você prefere – pergunto –, dia ou noite?

Porque eu, habitualmente, sou um tipo da noite, mas também de dia há algo especial, radiante. De noite é mais silencioso e fresco, e isto é uma consideração significativa, ao menos para mim, que vivo em um país quente. Mas de noite, a pessoa pode se sentir mais solitária se não há alguém ao seu lado, se é que você me entende.

– Eu não – diz Michael. A voz dele soa pesada.

– Não sou gay – eu lhe digo, porque percebo que o deixei tenso. – Sei que toda esta conversa sobre solidão e noite soa como conversa gay, mas eu não sou. Em todos os trinta e tantos anos de minha vida só uma vez beijei um homem na boca, e, assim mesmo, foi meio que por engano. Eu estava no exército, e, na minha unidade, havia outro soldado chamado Tzlil Druker. Ele trouxe maconha para a base militar, e me chamou para fumar. Tzlil me perguntou se eu já tinha fumado alguma vez, e eu disse que sim. Eu não tinha intenção de mentir, mas simplesmente tenho esta característica: quando me perguntam algo e eu fico tenso, sempre digo que sim. Para agradar. É um reflexo que ainda pode me criar um grande problema. Imaginem que um policial entre no quarto, me veja ao lado de um cadáver e pergunte: "Você o matou?" Pode acabar mal. O policial também pode perguntar, suponhamos: "Você é inocente?" Neste caso, eu me saio bem. Mas cá entre nós, qual é a chance de um policial perguntar uma coisa dessa?

"Fumamos juntos, Tzlil e eu, e isto foi uma sensação muito especial. A droga simplesmente calou a minha boca. Eu não precisava falar para ser. Enquanto fumávamos, Tzlil me disse que fazia um ano que tinha se separado da namorada. Que fazia um ano que não beijava uma mulher. Lembro que ele usou esta palavra, "mulher". Eu lhe disse que nunca tinha beijado uma mulher. Ou garota.

"Na boca, quis dizer. No rosto, beijei muito. Tias e coisa e tal. E Tzlil me olhou e não disse nada, mas vi que estava surpreso. E então, de repente, nos beijamos. A língua dele era áspera e azeda, como ferrugem no corrimão da passarela. Lembro que na época pensei que todas as línguas e beijos que me aparecessem na vida seriam assim. Que por não ter beijado ninguém até então, na prática não tinha perdido nada.

"E Tzlil disse, 'Não sou homo'.

"E eu ri e disse, 'Mas tem nome de gay'.

"E foi isso.

"Oito anos depois eu o encontrei, por acaso, numa lanchonete de húmus; quando o chamei de Tzlil, ele disse que não se chamava mais assim, que tinha saído do Ministério do Interior e mudado o nome para Tsachi.

"Espero que não tenha sido por minha causa."

Michael, que está sentado ao meu lado, há tempo já não me ouve. No início pensei que estivesse tenso porque achou que eu queria dar em cima dele. Depois comecei a suspeitar que ele, sim, era gay e que se ofendera com a minha história, que era como se eu dissesse que beijar um homem é nojento. Mas quando eu o olho nos olhos, não vejo ofensa ou ansiedade, simplesmente muitos pontos de milhagem se acumulando para um upgrade, para comissárias mais bonitas, café mais gostoso, mais espaço para as pernas.

Quando vejo isso, sinto-me culpado.

Não é a primeira vez que vejo isso nos olhos de pessoas com as quais eu falo – e não estou falando de mais espaço para as pernas. Estou me referindo a não prestar atenção, ver que a pessoa está pensando em alguma outra coisa. E sempre me sinto culpado. Minha mulher me diz que não tenho por que me sentir assim. Que o fato de eu falar muito é, obviamente, um pedido de ajuda. Que não importa que palavras eu pronuncie, o que realmente digo naquele momento é "socorro". Pense nisso, ela diz, você grita "socorro" e eles, enquanto isso, pensam em outra coisa. Se há alguém que deva se sentir culpado, são eles, não você.

A língua da minha mulher é macia e agradável. A língua dela é o melhor lugar no mundo. Se fosse um pouco mais larga e comprida, passaria a morar nela. Eu me enrolaria nela como um pedaço de peixe em arroz. Se eu pensar com que língua comecei a beijar e onde cheguei, posso dizer que fiz algo de bom com essa minha vida. Que também passei por um bom upgrade.

A verdade é que jamais voei na classe executiva, mas se a diferença entre ela e a econômica é como a diferença entre a língua da minha mulher e a de Tzahi-Tzlil Druker, estaria disposto a morar uma semana na sucá mais abominável do mundo, com o tio mais chato para receber esse tipo de upgrade.

Anunciam que logo pousaremos. Continuo a falar. Michael continua a não ouvir. O globo terrestre continua a girar em seu eixo. Mais quatro dias, querida. Daqui a quatro dias voltarei para você. Daqui a quatro dias poderei novamente ficar calado.

GOIABA

Não se ouvia ruído dos motores do avião. Não se ouvia nada. Exceto, talvez, o choro surdo das comissárias a alguns assentos de distância mais para trás. Pela janela elíptica, Shkedi olhava a nuvem que pairava bem abaixo dele. Imaginou o avião caindo por ela como uma pedra, fazendo um buraco enorme que seria rapidamente fechado com o primeiro vento, sem deixar sequer uma cicatriz. "Só não caia", Shkedi pensou, "só não caia."

Quarenta segundos antes de Shkedi expirar, surgiu um anjo vestido totalmente de branco e lhe contou que ele fora premiado com um último desejo. Shkedi tentou descobrir o que "premiado" sugeria. Será que se tratava de um prêmio como em uma loteria, ou algo um pouquinho mais lisonjeiro: "premiado" por uma conquista, em reconhecimento por seus bons atos? O anjo deu de asas. "Não sei", confessou com pura sinceridade angelical. "Disseram-me para vir e realizar, não disseram por quê." "Pena", disse Shkedi, "porque é absolutamente fascinante. Especialmente agora, quando estou para partir deste mundo, é muito importante para mim saber se eu o deixo simplesmente como qualquer sujeito de sorte ou com um tapinha nas costas." "Quarenta segundos e você cai fora", disse o anjo com indiferença. "Se quer passar este tempo tagarelando, por mim, tudo bem. Não tem problema. Leve apenas em consideração que a sua vitrine de oportunidades está se fechando." Shkedi entendeu e fez logo seu pedido. Mas não antes de fazer ao anjo uma observação em relação ao seu jeito estranho de falar. Quer dizer, estranho para um anjo. O anjo se ofendeu. "O que quer dizer 'para um anjo'? Alguma vez já ouviu um anjo falando para estar despejando isso em mim?" "Não", confessou Shkedi. O anjo pareceu de repente muito menos angelical e agradável, mas aquilo não era nada comparado à sua aparência quando ouviu o desejo.

"Paz mundial?", ele berrou irado. "Paz mundial? Você está zombando de mim?"

E então Shkedi morreu.

Shkedi morreu e o anjo ficou. Ficou com o desejo mais maçante e complicado que alguma vez foi solicitado a realizar. Na maioria dos casos, as pessoas pediam um carro novo para a esposa, um apartamento para o filho. Coisas razoáveis. Coisas específicas. Mas paz mundial é um trabalhão. Primeiro, o sujeito o perturba com perguntas, como se ele fosse do setor de informações da companhia telefônica, depois o ofende por falar esquisito, e ainda por cima lhe pede paz mundial. Se ele não tivesse batido as botas, o anjo grudaria nele como herpes e não o largaria até que substituísse o desejo. Mas a alma do fulano já tinha sido despachada para o sétimo céu, e como seria procurá-la por lá agora?

O anjo respirou fundo. "Paz mundial, isto é tudo", balbuciou, "paz mundial, é tudo."

E enquanto tudo isso acontecia, a alma de Shkedi já esquecera completamente que havia pertencido a alguém chamado Shkedi, e reencarnou, pura e imaculada, de segunda mão, mas como nova, dentro de uma fruta. Sim, uma fruta. Uma goiaba.

A nova alma não tinha pensamentos. Goiabas não têm pensamentos. Mas tinha sentimentos. Sentia um medo terrível. Tinha medo de cair da árvore. Não tinha palavras para descrever este medo. Mas se tivesse, certamente seria algo no estilo, "Mãezinha, não quero cair". E enquanto estava pendurada na árvore, apavorada, a paz começou a reinar no mundo. As pessoas transformaram suas espadas em pás, e usinas atômicas foram rápida e sabiamente transformadas para propósitos pacíficos. Mas nada disto tranquilizou a goiaba. Porque a árvore era alta e o solo parecia distante e doloroso. Só não me deixe cair, a goiaba tremia sem palavras, só não caia.

FESTA SURPRESA

Três pessoas aguardam junto ao interfone. Um momento estranho. Para ser mais exato, um momento delicado, desconfortável.

– Você também veio para o aniversário de Avner? – pergunta um deles, dono de um bigode grisalho, ao que apertou o botão do interfone. O que apertou o interfone diz que sim. Também o terceiro, alto, com um esparadrapo no nariz, faz um sinal afirmativo.

– Sério – Bigode massageia o pescoço em um movimento nervoso –, vocês são amigos dele? – Ambos concordam. Uma voz feminina ressoa do interfone:

– Subam, subam, 21º andar – e então, a porta se abre com um zumbido. No elevador há apenas 21 botões. Nosso Avner mora na cobertura.

Na subida, Bigode confessa que não é bem um conhecido de Avner. É apenas o gerente do banco em Ramat Aviv em que Avner e Pnina Katsman têm conta. Ele jamais os viu. Está na agência apenas há dois meses, antes disso tinha sido gerente de outra agência, menor, em Raanana. Ficou surpreso quando Pnina ligou para convidá-lo para a festa, mas ela insistiu, disse que Avner ficaria muito feliz.

Esparadrapo-no-nariz também não é um amigo íntimo. É o corretor de seguros do marido, tinha-o encontrado poucas vezes. Há tempos. Nos últimos anos fazem negócios por e-mail.

Aquele que apertou o interfone, bonito, mas com sobrancelhas unidas, é o que conhece melhor os Katzman. É o dentista deles. Tinha tratado quatro cáries e feito uma coroa em um dos molares de Pnina. Fora obrigado a fazer duas extrações em Avner, além de uma obturação e um tratamento de canal, mas ele não se diria amigo.

– É estranho que ela nos tenha convidado – diz Bigode.

– Deve ser um evento grande – conclui Esparadrapo.

– Tinha pensado em não vir – confessa Sobrancelhas –, mas Pnina é tão sensível.

– Ela é bonita? – pergunta Bigode. Esta não é uma pergunta que um gerente de banco deva fazer, ele sabe.

Sobrancelhas assente com a cabeça ao mesmo tempo que dá de ombros.

– Sim, mas o que ganhamos com isso?

Pnina é realmente bonita. Está com quarenta e tantos anos, e aparenta isso. Nenhuma plástica esconde as rugas. Se a cada mulher é possível adequar uma fantasia sexual masculina, pensa Bigode quando lhe aperta a mão hesitante, Pnina seria a perfeita "donzela em perigo". Ela tem algo de insegurança, um desamparo. Além deles três, verifica-se, ninguém havia chegado. Só o pessoal do serviço de bufê, que vai trazendo mais e mais gigantescas tigelas cobertas com papel de alumínio e bandejas repletas de canapés. Não, Pnina os tranquiliza, eles não tinham chegado cedo. São os outros que estão atrasados.

– É culpa minha – ela esclarece. – Decidi tudo na última hora. Por isto só hoje convidei vocês. Desculpem. – Bigode diz que não há por quê.

Sobrancelhas já se aproximou de uma das bandejas e começa a mastigar bruschettas. Estão arrumadas com tanto capricho que cada uma dessas que ele pegou destaca-se pela sua ausência, como um dente arrancado.

Ele sabe que não é muito educado e que deveria esperar os outros convidados, mas está morrendo de fome. Hoje tinha feito uma cirurgia nas gengivas de um idoso, um procedimento de três horas e meia, e depois só trocou de roupa e saiu direto para a festa. Nem sequer passou em casa. Estava faminto agora, faminto e embaraçado. As bruschettas estão saborosas. Ele pega mais uma, a quinta, e se ajeita em um canto.

A sala do apartamento é simplesmente enorme, e há uma porta de vidro que leva ao telhado. Pnina conta que convidou trezentas pessoas, todas as que encontrou na relação de endereços do BlackBerry de Avner. Nem todas viriam, ela sabe, certamente não com um convite assim, mas ia ser bem divertido.

A última vez que ela organizou uma festa surpresa foi dez anos antes. Na ocasião, eles viviam na Índia por causa dos negócios de Avner, e um dos convidados trouxe-lhes de presente um filhote de leão. Na Índia, eles são mais flexíveis no que diz respeito a leis de preservação de animais selvagens, ou talvez lhes obedeçam menos. Aquele filhote de leão era a coisa mais adorável que Pnina tinha visto na vida. Aquela festa foi um sucesso. Não que ela espere que hoje alguém lhes traga um leão, mas as pessoas estão chegando e vão beber e rir juntas, vai ser tudo bem divertido.

– Este relax é algo de que todos nós precisamos, especialmente Avner, que nos últimos meses trabalhou como um cão, com ações financeiras – Pnina diz.

A história sobre a Índia lembra algo a Bigode; ele também trouxe um presente. Tira do bolso uma caixa comprida embrulhada em papel colorido com a logomarca do banco.

– É algo simbólico – diz, em tom de desculpa –, e não é só em meu nome, é de toda a agência.

É difícil dar um presente após uma história tão espantosa como a do leão. Pnina agradece e abraça Bigode, um gesto algo surpreendente considerando que eles não se conhecem, é o que pensa Esparadrapo. Pnina insiste que Bigode fique com o presente e que o entregue diretamente a Avner. Ela tem certeza, diz, que Avner ficará muito feliz, ele gosta muito de presentes.

Esta última frase faz com que Sobrancelhas se sinta mal por não ter trazido nada. Esparadrapo também não trouxe nada, mas também não comeu nada, e Sobrancelhas já tinha devorado até então seis bruschettas, dois pedaços de arenque e um sushi de polvo, que o rapaz com a bandeja insistiu em repetir duas vezes que não era kasher. Sobrancelhas sabia que não devia ter vindo, mas agora o que lhe resta fazer é esperar que Avner e os demais convidados cheguem, e então, na agitação da festa, desaparecer. Até que isso ocorresse, estaria preso ali, sabia, totalmente preso. Só que neste meio-tempo já tinham se passado vinte minutos desde que entrara pela porta, e nenhum outro convidado tinha chegado.

– Quando você disse que Avner deve chegar? – pergunta Sobrancelhas, tentando parecer indiferente. Não funciona. Ela logo fica tensa.

– Ele já deveria ter chegado – ela diz –, mas não está sabendo da festa, então pode ser que se atrase um pouco. – Ela serve uma taça de vinho a Sobrancelhas, que recusa com polidez, mas ela insiste.

Esparadrapo pergunta se tem conhaque. Pnina se alegra com isto e corre em seus finos saltos altos para o armário de bebidas no canto da sala e tira uma garrafa.

– Provavelmente o pessoal do bufê também tem conhaque – ela diz –, mas não tão bom como este. A garrafa talvez não seja suficiente para todos os convidados, mas é para nosso pequeno grupo íntimo, vamos fazer um brinde.

Ela serve o conhaque para si mesma e para Bigode, e eles erguem os copos. Bigode, ao ver que ninguém se prepara para falar algumas palavras, se apressa em assumir o papel. Deseja a todos os presentes muitas festas e muitas surpresas, agradáveis, é lógico. A Avner, ele deseja que não demore demais, caso contrário, ao chegar, já não terá o que comer e beber. Pnina e ele riem.

Sobrancelhas sente que aquele comentário de algum modo diz respeito a ele. É certo que tinha comido bastante desde a sua chegada, mas ainda considera que foi uma grosseria de Bigode entregá-lo com uma piada. Também Pnina; ele fica ofendido por ela rir desta brincadeira de mau gosto, mostrando coroas que não estariam ali não fosse por ele. Ele decide que já basta, chegou a hora de ir embora. Fará isto educadamente, para não magoar ninguém, com todo o respeito, sua mulher o espera em casa, e aqui, neste lugar, não há nada a não ser um ambiente um pouco tenso e sushi não kasher.

A reação de Pnina aos balbucios de despedida de Sobrancelhas é extrema.

– Você não pode ir – ela diz e segura a mão dele. – Esta festa é muito importante para Avner, e sem você... quase ninguém mais vem. Mas vão chegar – ela trata de reconsiderar –, devem estar retidos no caminho, é hora de engarrafamentos, mas se Avner chegar antes deles, abrirá a porta e verá apenas duas pessoas. Pessoas maravilhosas, mas apenas duas. Sem contar o pessoal do bufê, é lógico. E isto pode ser frustrante. E a última coisa que alguém precisa no dia do seu quinquagésimo aniversário é de frustração. De todo modo, é uma idade difícil. E Avner, em especial, passou por um período nada fácil nos últimos meses, e a última coisa de que precisa é encontrar uma sala vazia.

– Três também é pouco – Sobrancelhas comenta com uma ponta de maldade. – A verdade é, acrescenta, que, no lugar de Pnina, ele simplesmente cancelaria tudo e tentaria guardar as comidas e bebidas antes que Avner chegasse.

Pnina concorda rapidamente. Ela chama o gerente do bufê e pede que pare de trazer mais comida e que, ele e a equipe, aguardem por enquanto lá embaixo, na van. Quando os demais convidados chegarem, ela enviará uma mensagem de texto e eles poderão subir de novo.

E até então, ela explica a todos sem largar a mão de Sobrancelhas, todos eles vão se sentar em algum canto da sala e aguardar Avner com um bom drink.

Talvez ela devesse ter pensado em algo mais íntimo desde o começo. Porque cinquenta não é uma idade de danças vibrantes e música barulhenta; cinquenta é uma idade de conversas estimulantes com amigos perspicazes e íntimos.

Sobrancelhas lhe diria que nenhum dos presentes era íntimo de Avner, mas nota que ela estava à beira das lágrimas e prefere ficar calado e deixar que ela o arraste até o sofá. Ela o faz sentar, e Esparadrapo e Bigode se apressam em juntar-se a eles.

Bigode é campeão em tranquilizar pessoas. Já tivera muitas conversas com clientes que perderam todo o seu dinheiro devido à queda de um investimento financeiro, e sabia como agir, especialmente com mulheres. Agora ele conta piadas aos borbotões, serve bebidas a todos, coloca uma mão consoladora no ombro pálido de Pnina. Se um estranho chegasse ali, provavelmente pensaria que eles eram um casal.

Esparadrapo sente-se em casa. O que funciona a seu favor é que ele não tem pressa de ir embora. Tem uma esposa que sempre dá a impressão de que alguém próximo a ela morreu e um filho irritante de dois anos em quem hoje é a sua vez de dar banho.

Aqui ele pode ficar sentado, beber um pouco, esbarrar em alguém que tenha sido um pouco melhor sucedido do que ele na vida, ao menos financeiramente, e oficialmente isto até seria considerado trabalho.

Ao voltar para casa, quando quer que seja, só precisará fazer uma cara de cansado e contar como lhe encheram a cabeça a noite toda e que não teve alternativa a não ser sorrir e prestar atenção porque eram clientes muito bons.

– Assim é – ele dirá à esposa. – Eu, pelo sustento da casa, preciso ouvir bobagens das pessoas tanto quanto você precisa... – e então ele ficará calado, como se tivesse esquecido, como se tivesse fugido por um instante da sua mente que havia mais de dois anos que ela não trabalhava e que toda a responsabilidade financeira recaía sobre ele.

Ela então começará a chorar, dirá que não foi culpada por ter entrado em depressão pós-parto, que é uma doença comprovada cientificamente, que não é só algo da cabeça dela, é químico, como qualquer outra doença. Se ela pudesse, está louca para voltar a trabalhar, mas ela simplesmente não pode... E ele irá interromper este fluxo de palavras e pedir desculpas, dirá que não tinha nada em mente, que simplesmente escapou de sua boca sem querer. E ela acreditará nele, ou não. Com todo esse deserto entre eles, que diferença faz?

Bigode, como se captasse tudo o que ia pela cabeça de Esparadrapo, serviu-lhe mais um pouco de conhaque.

Este Bigode é incrível, pensa Esparadrapo, um cara especial. Sobrancelhas, por sua vez, é um tanto neurótico e o irrita um pouco. Quando chegaram, ficou comendo o tempo todo, e agora só fica olhando para o relógio e se coçando. Antes, quando Pnina tentou convencê-lo a ficar, ele quase interrompeu a conversa e disse a ela que o deixasse sozinho, que simplesmente o deixasse ir embora e pronto. Ninguém precisa dele aqui. Poderia pensar-se que ele é amigo de infância de Avner ou algo assim, mas ele é apenas o que lhe tratou os dentes.

Quando pensa nisso, Esparadrapo acha um pouco estranho que eles tenham sido os únicos a vir. O que isto indica sobre os amigos íntimos de Avner? Que são egoístas a tal ponto? Que ele os ofendeu? Ou que talvez Avner simplesmente não tenha amigo algum?

O interfone zune e Pnina corre para atender. Bigode faz um sinal para Sobrancelhas e para Esparadrapo e toma a iniciativa de mais uma rodada de conhaque. "Não se preocupe", ele diz a Sobrancelhas, como se também fosse um cliente do banco em má situação, "vai ficar tudo bem."

Quem ligou pelo interfone foi apenas o gerente do bufê. A van estava bloqueando alguém. Ele pergunta se poderia usar o estacionamento do prédio. Antes que Pnina consiga responder, o telefone toca. Ela corre para atender. Do outro lado há silêncio.

– Avner – ela diz –, onde é que você está? Está tudo bem? – Ela sabe que é Avner porque o número aparece no visor. Mas do outro lado não há resposta, só sinal de que a linha caiu.

Pnina fica tensa. Começa a chorar, um choro muito estranho. Os olhos estão molhados, o corpo todo treme, mas ela não emite nenhum som, parece um telefone celular vibrando. Bigode aproxima-se dela e toma-lhe o copo de conhaque da mão antes que caia e se quebre.

– Ele não está bem – diz Pnina e abraça Bigode com força –, alguma coisa não está bem com ele. Eu sabia, soube todo o tempo. Por isto resolvi fazer a festa, para animá-lo.

Bigode a leva ao sofá e a faz sentar-se ao lado de Sobrancelhas.

Sobrancelhas está tenso. Quando Pnina volta, ele planeja dizer que precisa ir embora, que a esposa o espera ou alguma coisa assim, mas agora ele sabe, depois dessa ligação, que não pode fazê-lo. Pnina está tão perto dele que ele pode ouvir a sua respiração irregular. O rosto dela está muito pálido. Parece estar à beira de um desmaio.

Esparadrapo traz um copo de água e Bigode o aproxima dos lábios dela. Ela bebe um pouco e começa a se acalmar.

Foi um instante de dar medo, pensa Sobrancelhas.

Imagino o que ele terá dito para ela no telefone, pensa Esparadrapo.

Mesmo quando ela fraqueja, pensa Bigode, mesmo quando está a ponto de desmoronar, ela é tão mulher. Ele sente que lá no fundo, dentro da calça, tem início uma ereção, e espera que ninguém em torno perceba.

O interfone zune mais uma vez. É o gerente do bufê de novo. Está aguardando uma resposta com relação ao estacionamento no prédio. Agora é uma hora muito complicada, e encontrar uma vaga na rua para um grande veículo comercial é um problema. Esparadrapo, que atendeu ao interfone, repete a pergunta em voz alta.

Bigode lhe faz um sinal com a cabeça indicando SIM. Mas depois, a semidesmaiada Pnina murmura que não devem usar o estacionamento. Há um vizinho do décimo sétimo andar que cria problemas. Há uma semana apenas, um conhecido veio visitá-la por uma hora, até menos, e foi guinchado.

Sobrancelhas se oferece para descer e dizer ao pessoal do bufê que não podem utilizar o estacionamento. Dali, ele pensa, o caminho para casa será mais curto.

Bigode diz que convém ficar, uma vez que Pnina não está bem, e é preferível que haja um médico por perto.

– Sou dentista – diz Sobrancelhas.

– Você é dentista, eu sei – diz Bigode.

Pnina diz que eles precisam ir com urgência ao escritório de Avner. Ele não costuma ligar assim e desligar.

De qualquer modo, algo não estava bem com ele nos últimos tempos. Vive tomando comprimidos. Disse a Pnina que eram para dor de cabeça, mas ela conhece comprimidos para dor de cabeça, e os que Avner estava usando não eram analgésicos, mas uns comprimidos pretos, de forma elíptica, não se pareciam com nenhum remédio que já tivesse visto alguma vez. E de noite ele tem pesadelos, ela sabe, porque o ouve gritar dormindo: "Falem com Kochavi, falem com Kochavi." E quando ela lhe chamou a atenção, ele disse que estava tudo bem, e que não conhecia nenhum Kochavi.

Mas ela sabe que ele conhece Kochavi. Yigal Kochavi. O telefone dele está no BlackBerry de Avner. E de todos os telefones listados ali, ele foi o único para o qual ela não ligou. Pensou que ele poderia estragar o ambiente.

– Não sei o que vai acontecer – diz Pnina –, estou com medo.

Bigode concorda e sugere que os quatro se dirijam ao escritório de Avner para verificar se está tudo em ordem com ele.

Sobrancelhas diz que todos estão exagerando um pouco e, em primeiro lugar, seria conveniente Pnina ligar de volta para o marido. Eles mal falaram ao telefone e a ligação fora cortada, estas coisas acontecem todo o tempo. Algo pode estar errado com Avner, mas pode ser que alguma coisa não esteja em ordem também com a companhia telefônica, e, antes de começar a se arrastar para Herzliya, é bom averiguar.

Pnina liga para o escritório de Avner com as mãos trêmulas. Ela ativa o viva-voz. Esparadrapo estranha aquela atitude. Se Avner atender e disser alguma coisa íntima ou ofensiva, pode ser embaraçoso.

Mas não há resposta do outro lado da linha. Sobrancelhas sugere que ela tente ligar para o celular de Avner, e Pnina obedece. Uma gravação anuncia que aquele é o número de Avner Katsman e que, quem precisar falar urgentemente com ele, deve ligar para a sua secretária ou enviar uma mensagem porque ele não está recebendo ligações.

Bigode não conhece Avner, mas, só pelo tom de sua voz, sabe que não gostará dele. Há algo de arrogante nela. É a voz de alguém que acha que merece tudo, uma *noblesse oblige* sem o *oblige*.

Na agência em Raanana, Bigode tinha muitos clientes assim, tipos que se ofendiam toda vez que descobriam que o banco lhes cobrava uma taxa. Do ponto de vista deles, concordar em abrir uma conta na agência de Bigode já era um grande presente que davam ao banco. O fato de que após este belo gesto ainda esperassem que pagassem por um talão de cheques ou pelo uso do cheque especial era um abuso, para não dizer ingratidão.

Sobrancelhas pede que Pnina envie uma mensagem a Avner, mas Bigode o interrompe e diz que eles não têm mais tempo a perder e que todos devem ir ao seu escritório agora. Esparadrapo logo concorda, tudo isso lhe parece uma aventura.

Na verdade, mesmo que Avner tenha se suicidado, não é algo que esteja perturbando Esparadrapo, porque o seguro de vida dele não cobre suicídio, mas, se pensar na mulher, Esparadrapo pode voltar para casa até mesmo às quatro da manhã e dizer que tinha a ver com trabalho.

Todos vão no carro de Bigode, um Honda Civic novo. No elevador, Sobrancelhas ainda tenta convencê-los a se dividirem em dois carros – ele e Esparadrapo iriam no seu carro –, mas Bigode não aceita a ideia.

Esparadrapo e Sobrancelhas sentam no banco de trás, atrelados ao cinto de segurança, como dois garotos num passeio de família no sábado. Só faltava Sobrancelhas se queixar com Bigode, "Papai, Esparadrapo está me perturbando" ou pedir a ele que parassem em um posto de gasolina porque queria fazer pipi.

Sobrancelhas é capaz de coisas como estas. Um verdadeiro bebê. Se houvesse uma guerra agora, Bigode pensa, e muitos dizem que há, Sobrancelhas é a última pessoa a quem ele pediria proteção. Que Avner é um estorvo, já está claro, mas, ainda assim, seu paciente desapareceu, a esposa se encontra em um complicado estado emocional, e tudo o que você tem na cabeça são bruschettas e voltar cedo para casa?

Sobrancelhas manda mensagem pelo telefone no banco de trás, certamente para a esposa, certamente algo malicioso. Esparadrapo tenta espiar e ver o que ele está escrevendo, mas não tem um bom ângulo. Dali a um instante, quando Sobrancelhas recebe a resposta, ele consegue ler, e está escrito, "Estou te esperando na cama, só de meias".

Esparadrapo jamais recebeu uma mensagem de texto sexy, e fica com inveja. Na última vez em que a esposa quis lhe dizer algo sexy foi antes de inventarem o sistema de mensagens, e ele não permite que todas as garotas com quem transa fora de casa lhe enviem mensagem de texto ou deixem mensagem de voz. Leu certa vez em um jornal que, mesmo que você apague as mensagens, uma cópia fica em poder da operadora do celular, e que depois eles podem chantageá-lo ou simplesmente perturbar sua vida.

A estrada para Herzliya estava congestionada. Todos os que trabalham em Tel Aviv voltavam para casa. Na direção contrária, o trânsito até que fluía.

Sobrancelhas consegue imaginar Avner dirigindo agora para casa depois de um dia comum de trabalho. Na conversa telefônica, ele quis dizer a Pnina que a amava, que lamentava ter estado um pouco nervoso nos últimos dias, e também ter mentido com relação aos comprimidos pretos. São contra hemorroidas, e ele se sentia constrangido em contar isto, então inventou uma história de dores de cabeça.

Quando chegasse em casa, veria pessoas nervosas com uma van de bufê de festas brigando com um dos vizinhos pela vaga. Teria algum pensamento budista sobre como a maioria das nossas brigas na vida são por bobagens, pegaria o elevador, e, quando chegasse ao seu andar e abrisse a porta, encontraria um apartamento vazio e uma garrafa de conhaque pela metade.

Pnina não estaria lá e ele ficaria magoado com isto. Afinal, é o dia do seu aniversário. Não precisa de presentes ou de festas, já passaram da idade destas besteiras, mas será demais pedir que a sua companheira de vida esteja com você, que simplesmente esteja com você no maldito dia do seu aniversário? E durante todo esse tempo, Sobrancelhas pensa, Pnina está num congestionamento a caminho de Herzliya. Que sacanagem!

Mas, por enquanto, Avner não está indo para o seu apartamento em Ramat Aviv. E tampouco está no seu escritório em Herzliya.

Quando os quatro finalmente chegaram, já não havia ninguém no escritório, mas o vigia na entrada disse que tinha visto Avner saindo havia menos de uma hora. Contou que Avner tinha um revólver. Ele sabia disto porque Avner lhe pediu ajuda para engatilhá-lo. Não que Avner não soubesse como fazê-lo, mas alguma coisa tinha emperrado e ele esperava que o vigia pudesse ajudar.

Só que este vigia não era exatamente a pessoa adequada para esta tarefa, era apenas um velho do Cazaquistão que durante toda a vida tinha plantado verduras em alguma aldeia isolada, não um Rambo. Quando chegou a Israel, quis trabalhar em agricultura, porém as pessoas na agência de empregos lhe disseram que somente tailandeses e árabes trabalhavam atualmente em agricultura, e o que ele poderia fazer de agora até morrer era se aposentar ou se tornar vigia.

O vigia conta a Bigode que, quando não conseguiu ajudar com o revólver, Avner se irritou com ele e até começou a xingar.

– Não é legal – diz a Bigode –, não é legal xingar um homem da minha idade. E por quê? Fiz alguma coisa de errado?

Bigode concorda. Ele sabe que se quiser poderá acalmá-lo, mas já não tem forças. E esta conversa sobre o revólver o incomoda. Durante toda a viagem para cá pensou que talvez Pnina estivesse exagerando com as suas preocupações, mas agora ele vê que ela tem mesmo razão.

– Se tivesse me perguntado sobre agricultura, eu o teria ajudado em tudo – diz o vigia para Esparadrapo –, gosto de ajudar. Mas de revólver, eu não entendo. Precisa me xingar?

No caminho de volta para o carro, Pnina está chorando. Sobrancelhas diz que toda esta questão já não está nas mãos deles, que é preciso chamar a polícia. Esparadrapo interfere e diz que a polícia não fará nada. Se você não tem influência, leva ao menos um dia até que comecem a se mexer. Não que Esparadrapo tenha um plano melhor do que ir à polícia, mas faz tempo que Sobrancelhas já está perturbando, e a última coisa que ele quer agora é concordar com ele em alguma coisa.

Bigode acaricia o cabelo de Pnina. Ele também não tem nenhum plano no momento, não é capaz de pensar em nada enquanto ela chora. Aquele choro lhe inunda a cabeça, as lágrimas afogam qualquer pensamento antes que ele se concretize. E o fato de Esparadrapo e Sobrancelhas discutirem ao seu lado também não o ajuda a se concentrar.

– Vocês dois peguem um táxi. Já não podem ajudar aqui – ele diz.

– E você e Pnina? – Esparadrapo pergunta. Ele realmente não quer ir, ou pagar um táxi, ou dirigir com Sobrancelhas até Ramat Aviv.

Bigode dá de ombros. Não tem resposta para isso.

– Ele tem razão – diz Sobrancelhas, certo de que é a sua chance de cair fora e, além disso, Bigode realmente tem razão. O fato de serem quatro não ajuda em nada. Bigode pode ir sozinho com Pnina até a polícia, não precisa deles para que lhe segurem a mão. Esparadrapo não fica satisfeito com esta ideia. Justamente agora quando aparece um revólver e ação, voltar para casa é frustrante. Se ficar, ele poderá modificar algo, talvez salvar Avner. E mesmo se não salvá-lo e apenas encontrar o seu cadáver junto com Bigode e com Pnina, será uma experiência de que certamente se lembrará pela vida toda. Talvez não a experiência mais bem-sucedida, mas em todo caso uma experiência.

Não tivera uma dessas nos últimos anos. Houve a do foguete na Segunda Guerra do Líbano, cuja explosão arrebentou a janela do quarto alugado para férias no norte, e aquele jogo de basquete em Yad Eliahu a que foi assistir com um amigo e foi pego bocejando pela câmera de televisão. Talvez também o nascimento do filho, apesar de não o ter realmente presenciado. A esposa o expulsou da sala de parto alguns instantes antes porque ele a irritara por ter atendido uma ligação telefônica de alguém do trabalho.

Em resumo, Esparadrapo não está ansioso para ir embora, mas também sabe que, se Bigode e Sobrancelhas estão contra ele, não pode insistir em permanecer sem parecer um chato. A única maneira de salvar a situação agora é se tiver alguma ideia. Uma ideia bombástica que levará a um plano ou objetivo e que também o situe no centro de tudo como alguém que toma a iniciativa, alguém útil, alguém que vale a pena ter por perto.

– É preciso falar com Yigal Kochavi – ele diz meio para Bigode e meio para Pnina, que agora já parou de chorar e só está respirando pesadamente. – Pnina disse que tem o telefone dele no BlackBerry de Avner. E se Avner sonhou com ele algo que o fizesse gritar, isto certamente quer dizer que Avner estava pensando nele. Quem sabe toda essa história com o revólver não indique que ele vai se suicidar? Mas e se, ao contrário, a intenção dele fosse matar este Kochavi? Nós deveríamos telefonar para ele e alertá-lo, descobrir.

No momento em que Esparadrapo falou "se suicidar", Pnina voltou a chorar, e quando ele diz "matar", ela desmaia.

Por sorte, Bigode consegue segurá-la um instante antes que seu rosto bata na calçada.

Esparadrapo corre na direção de Bigode para ajudar, mas o olhar de Bigode lhe sugere que não é uma boa ideia.

Sobrancelhas, do lado, diz que não é nada, apenas pressão. É preciso dar um copo d'água para ela, sentá-la em algum banco, e em um instante ela voltará a si.

– Fora daqui vocês dois – berra Bigode –, sumam já daqui.

Depois, no táxi, Esparadrapo dirá a Sobrancelhas que Bigode exagerou, quem é ele para berrar dessa forma? Hoje, se um oficial fala assim com o seu soldado, registram uma queixa contra ele, então quem este Bigode pensa que é para berrar assim com dois homens que mal conhece e que só querem ajudar?

É o que ele dirá depois, no táxi. Mas agora, fora do prédio de escritórios em Herzliya Pituach, Esparadrapo não diz nada, e, acompanhado de Sobrancelhas, vai embora e deixa Bigode e Pnina sozinhos.

Bigode leva-a no colo para o carro e coloca-a delicadamente no banco do carona, como se fosse um objeto frágil. Pnina volta a si ainda antes que cheguem ao carro e balbucia algo, os olhos semicerrados, mas só agora, depois que a colocou no banco, é que ele começa a prestar atenção.

– Estou com sede – ela diz.

– Sei – diz Bigode. – Não tenho água no carro, lamento. Podemos comprar no caminho. Vi aqui perto uma filial do Café Aroma.

– Você acha que ele já está morto? – ela pergunta.

– Quem? – Bigode pergunta.

Ele sabe a quem ela se refere, mas finge não saber – é uma artimanha para fazer com que a suspeita dela pareça infundada. Ela olha para ele, mas não diz "Avner", como ele esperava. Simplesmente olha para ele.

– Tenho certeza de que ele está bem – diz Bigode. A voz dele soa convincente. Graças a esta voz ele tinha conseguido a agência em Raanana e agora esta em Ramat Aviv.

– Estou com medo – diz Pnina, exatamente como ele a imaginou dizendo no primeiro momento em que a viu nessa tarde. Fica tão bonita quando diz isso.

Bigode inclina-se para a frente e beija os seus lábios secos. Os lábios dela se afastam dos dele. Ele não vê nada, nem percebe a mão dela se movendo, mas o seu rosto sente a bofetada.

Quando Sobrancelhas chega em casa, sua mulher já está dormindo. Não se sentia nada cansado. O corpo explodia de adrenalina. A mente de Sobrancelhas sabia que todos os desmaios, esperas e discussões estranhas daquela tarde tinham sido por nada, mas seu corpo era bastante tolo para levar isto a sério. Em vez de ir se deitar, sentou-se ao computador e verificou os e-mails.

O único que tinha recebido era de algum idiota que estudara com ele no ensino fundamental e que encontrara seu endereço por meio de algum site na internet.

Isto é o que há de tão frustrante em toda a tecnologia, pensa Sobrancelhas. Os que criaram a internet eram gênios e certamente acreditavam que traziam progresso para a humanidade, mas em vez de as pessoas aproveitarem toda aquela sofisticação para pesquisar e se aprimorar, elas acabam utilizando-a para perturbar algum pobre coitado com quem estudaram no colégio primário.

O que exatamente ele deveria responder para este Iftach Rosales? Você se lembra de como traçamos uma linha bem no meio da carteira? Como você me empurrava com o cotovelo bem nas minhas costelas quando eu a ultrapassava?

Sobrancelhas tenta imaginar como deve ser a vida de Iftach Rosales, se a única coisa que ele tem para fazer no tempo livre é procurar um menino de que nunca gostou de verdade e que há trinta anos foi seu colega de classe.

Após alguns instantes sentindo-se superior a Rosales, Sobrancelhas começa a pensar sobre si mesmo. E que grande coisa ele fazia com a sua própria vida? Debruçado sobre bocas malcheirosas, perfura e fecha orifícios em dentes podres.

"Um trabalho respeitável", é o que sua mãe sempre diz quando fala sobre odontologia. Mas o que há de tão respeitável? Qual é, na prática, a diferença entre ele e um encanador? Ambos trabalham diante de buracos fedorentos, perfuram e fecham aberturas para ganhar a vida. Ambos ganham honestamente. E, com grande probabilidade, não gostam da profissão.

Só que o trabalho de Sobrancelhas é "respeitável", e em troca desta respeitabilidade ele precisou sair do país por cinco anos e estudar na Romênia, enquanto que para o encanador foi certamente um pouco mais fácil.

Hoje realmente foi o pior dia, com essa cirurgia de gengivas em que o velho não parou de gritar nem de sangrar e o sugador quase o sufocou. E Sobrancelhas, que tentou todo o tempo acalmá-lo, não conseguiu parar de pensar que tudo isto era em vão. Que aquele idoso teria ao menos um ano de sofrimento até se acostumar com os implantes, e que certamente dois dias antes ou depois disso, morreria de um ataque cardíaco ou de câncer ou de apoplexia ou do que quer que seja que pessoas nessa idade morrem.

Deveria haver um limite máximo de idade para pacientes, ele pensa enquanto descalça os sapatos. Apenas lhes dizer, "vocês já viveram bastante. De agora em diante, pensem no que resta como um bônus, um presente sem tíquete de troca. Está doendo? Fiquem na cama. Continua doendo? Aguardem: ou vai passar ou vocês morrerão."

Essa idade, pensa Sobrancelhas enquanto escova os dentes, já está a caminho, cavalga como um cavalo selvagem que lança espuma pelas ventas. Logo serei eu que me deitarei nessa cama e não me levantarei mais. E algo neste pensamento o tranquiliza.

A última vez, a única em que Pnina bateu em alguém foi em Avner. Isto tinha acontecido dezessete anos antes. Ele ainda não era rico nem amargo nem careca, mas já demonstrava essa certeza de que tudo era dele. Foi no primeiro encontro de ambos, e eles foram a um restaurante.

Avner foi grosseiro com o garçom e o obrigou a levar de volta seu prato, que não era extraordinário, mas aceitável. Ela não podia entender o que estava fazendo com aquele rapaz arrogante em sua mesa.

Sua companheira de apartamento os apresentara. Dissera-lhe que Avner era brilhante e, para ele, que Pnina era encantadora, o que, na prática, era o seu modo de dizer que Pnina era bonita, sem se sentir tendenciosa.

Avner falou a noite toda sobre ações e derivativos e instituições financeiras, e não lhe deu chance de dizer uma palavra sequer. Depois do jantar, ele a levou para casa no seu surrado Autobianchi branco. Parou em frente à porta do prédio, desligou o motor e propôs subir com ela.

Ela disse que não achava uma boa ideia. Ele lhe lembrou que conhecia a colega dela de apartamento e só queria subir um instante para lhe dar um alô. Alô e obrigado, por tê-los apresentado.

Pnina sorriu educadamente e disse que a amiga voltaria tarde porque estava de plantão naquela noite. Ela prometeu lhe transmitir os cumprimentos e também o agradecimento, e abriu a porta do carro para sair, mas Avner tornou a fechá-la e a beijou.

Não havia nenhuma hesitação no beijo dele, nenhuma preocupação em relação ao que ela sentia. Foi só um beijo na boca, mas deu a sensação de um estupro.

Pnina lhe deu um tapa e saiu do carro. Avner não tentou ir atrás dela ou chamá-la. Da varanda do apartamento, ela podia ver o Autobianchi parado lá em baixo. Talvez por uma hora. E continuava lá quando Pnina foi dormir.

De manhã, um entregador a acordou com um gigantesco buquê de flores de gosto duvidoso. No cartão, uma única palavra: Desculpe.

– Desculpe – diz Bigode –, não tive intenção.

E Pnina poderia ter insistido, perguntado qual fora a real intenção dele ao beijá-la. Aproveitar a fraqueza dela? Fazer toda a viagem com ela a Herzliya em um carro que cheirava a purificador de ar com aroma misto de coco e suor? Mas ela não diz nada, não tem forças. Ela só quer que Bigode a leve de volta para casa.

– Talvez seja preferível irmos à polícia – diz Bigode –, para maior segurança.

Mas Pnina não concorda. No final, Avner voltará para casa, ela sabe, ele não é desses que se suicidam, nem que atiram em alguém. Assim que Esparadrapo disse isto, ficou muito assustada, mas agora, quando tenta imaginar Avner metendo o revólver na goela ou encostando-o na fronte, simplesmente não é ele. Quando olha suas mãos, ela percebe que estão tremendo, mas sua mente já decidiu que Avner está bem.

Bigode não discute, apenas a leva para casa.

A van do bufê estava estacionada com duas rodas na calçada, ainda bloqueando a rua. Coitados, ficaram esperando todo esse tempo. Bigode sugere descer e falar com eles. Ele quer ajudar, compensá-la pelo ocorrido. Mas ela não permite. Não para puni-lo, simplesmente não tem forças.

Depois que Pnina sai do carro, ele a chama. Ela espera que não seja para se desculpar novamente. A raiva que a inundou antes já tinha desaparecido. Na verdade, ela já não está furiosa com ele. Ele até parece uma pessoa agradável. E aquele beijo, talvez o timing dele tivesse sido um pouco infeliz, mas ela sentiu quanto a desejara desde o momento que ele chegou, e, na maior parte do tempo, foi uma sensação prazerosa.

Bigode lhe entrega o presente de Avner e um cartão de visita, e lhe explica que ali consta também o número de seu celular e que ela pode ligar a qualquer hora. Ela assente.

Não ligará para ele. Não hoje.

Esparadrapo acha um lugar para estacionar bem na frente do seu prédio. Mas, em vez de subir dois andares, meter a chave na porta, tirar a roupa no corredor escuro e se esticar silenciosamente no seu lado da cama, ele começa a caminhar. No começo, não tem ideia para onde: rua Shtand, Rei Salomão, King George, depois Dizengoff. Somente na Dizengoff entende que quer ir para o mar.

Continua a caminhar até a esplanada, e dali desce para a praia. Descalça os sapatos, tira as meias e permanece parado no lugar, escavando a areia com os dedos dos pés. Atrás dele consegue ouvir o ruído do trânsito e da música trance que vem aparentemente de uma loja de conveniência 24 horas. Diante dele, ouve o ruído das ondas rebentando no quebra-mar perto dali.

– Desculpe – diz um rapaz com corte de cabelo em estilo militar que surge do nada. – Você é daqui? De Tel Aviv?

Esparadrapo confirma.

– Joia – diz Corte de Cabelo. – Será que sabe onde dá para se divertir aqui?

Esparadrapo pode perguntar a que tipo de diversão ele se refere: bebida? garotas? uma misteriosa onda de calor que inunda o seu peito? A questão é que ele não sabe onde se encontra nada disto, então faz um "não" com a cabeça.

Mas Corte de Cabelo não desiste.

– Você disse que é daqui, não?

Esparadrapo não responde, só olha para o ponto distante em que a escuridão do mar se junta com a escuridão do céu.

Fico imaginando o que aconteceu com o tal do Avner, pensa. Espero que no fim tudo tenha acabado bem.

QUE ANIMAL É VOCÊ?

As frases que estou escrevendo agora são em benefício dos espectadores da Televisão Pública Alemã. Uma repórter da televisão que veio à minha casa hoje pediu que eu digitasse algo no computador, porque isto sempre fotografa bem: um escritor escrevendo. É um clichê, ela reconhece, mas clichês são nada mais do que uma versão não sexy da verdade, e o trabalho dela como repórter é transformar esta verdade em algo sexy, romper o clichê com a ajuda de iluminação e extraordinários ângulos de filmagem. E a luz em minha casa entra de forma maravilhosa, sem que ela tenha de acender lâmpada alguma, de modo que tudo o que me cabe é escrever.

No começo fingi que estava escrevendo, mas ela disse que não funcionaria. Que logo se vê que estou fazendo de conta. "Escreva de verdade", ela exigiu, e depois frisou: "Um conto. Não simplesmente uma sequência de palavras. Escreva de forma natural, como sempre faz." Eu lhe disse que não era natural para mim escrever enquanto me filmavam para a Televisão Pública Alemã, mas ela insistiu.

"Então use isso", disse. "Escreva o conto exatamente sobre isso – sobre como não é natural, e como deste não natural de repente irrompe algo verdadeiro, cheio de paixão. Algo que inunde você da cabeça aos pés. Ou o contrário. Não sei como é que funciona em você. Quer dizer, de onde exatamente a criação começa em seu corpo. Isto é muito individual." Ela me contou que certa vez tinha entrevistado um escritor belga que sempre que escrevia tinha uma ereção. Algo na escrita "enrijecia seu órgão" – foi a expressão que ela utilizou. Deve ter sido com certeza uma tradução literal do alemão, mas, para mim, soava muito estranho.

"Escreva", ela exigiu novamente. "Ótimo. Gosto dessa sua péssima postura quando escreve. O pescoço encolhido. Simplesmente incrível. Continue a escrever. Beleza. Assim, natural. Não ligue para mim. Esqueça que estou aqui."

Então continuo a escrever, sem tomar conhecimento dela, esqueço que está aqui, e estou natural. Tão natural quanto posso estar. Tenho contas a acertar com o público espectador da Televisão Pública Alemã, mas não é a hora de fazer isto. É hora de escrever. Escrever coisas sedutoras, não bobagens, ela já me explicou, senão aparecem horríveis no vídeo.

Meu filho voltou da creche. Corre para mim e me abraça. Sempre que há equipes de televisão em casa, ele me abraça. No começo, os repórteres precisavam pedir, mas agora ele já está treinado: corre para mim, não olha para a câmera, me abraça e diz, "Papai, eu te amo." Ainda não tem quatro anos e já entende como as coisas funcionam, meu doce filhinho.

Minha esposa não é tão boa, diz a repórter da Televisão Pública Alemã. Flui menos. Ajeita o cabelo o tempo todo, lança olhares para a câmera. Mas isto não é exatamente um problema, sempre é possível excluí-la mais tarde, na edição. Isto é que é bonito na televisão. Na vida real não é assim. Na vida real não se pode excluí-la, apagá-la. Somente Deus pode fazer isso, ou um ônibus, no caso de atropelá-la. Ou uma doença grave. O vizinho de cima é viúvo. Uma doença incurável levou-lhe a esposa. Não câncer, outra coisa qualquer. Algo que começa nos intestinos e acaba mal. Durante meio ano ela evacuou sangue. Foi isto que ele me contou. Meio ano até que Deus a excluiu na edição. Desde que ela morreu, entram aqui no nosso prédio todos os tipos de mulheres com saltos altos e perfume barato. Vêm nas horas mais inesperadas. Às vezes até na hora do almoço. Ele é aposentado, o nosso vizinho de cima, o horário dele é flexível. E essas mulheres, ao menos de acordo com a minha mulher, são prostitutas. Quando ela diz "prostitutas" sai tão naturalmente como se ela dissesse "salsão". Mas quando ela é filmada, não funciona assim. Ninguém é perfeito.

Meu filho adora as prostitutas que visitam nosso vizinho de cima. "Que animal é você?" ele pergunta quando as encontra na escada. "Hoje sou um rato, um rato ágil e escorregadio." E logo elas entendem e mandam para ele o nome de um animal: elefante, urso, borboleta. Cada prostituta tem o seu animal. É estranho, porque outras pessoas, quando ele pergunta sobre os animais, não entendem o que ele quer delas. Mas as prostitutas entram no jogo e colaboram.

O que me faz pensar que da próxima vez em que uma equipe de filmagem chegar, eu talvez use uma delas no lugar da minha mulher, e tudo vai sair mais natural. Elas têm uma ótima aparência, barata, mas ótima, e o meu filho também se dá melhor com elas. Quando ele pergunta para a minha mulher que animal ela é, ela sempre insiste: "Não sou animal, queridinho, sou um ser humano. Sou a sua mãe." E ele sempre começa a chorar.

Por que minha mulher não colabora? Por que dizer que mulheres com perfume barato são "prostitutas" é fácil para ela, mas dizer para o menininho "sou uma girafa" é impossível? Isto me irrita, faz com que eu queira bater em alguém. Não nela, eu a amo, mas em alguém. Livrar-me de minhas frustrações em alguém que mereça. O pessoal da direita pode despejar toda esta raiva nos árabes. Racistas, nos negros. Mas nós da esquerda liberal estamos encurralados. Nos bloqueamos, não temos em cima de quem explodir. "Não as chame de prostitutas", eu me revolto com a minha mulher, "você não sabe se elas são prostitutas, você não viu alguém lhes pagando ou algo assim, então não as chame disso, está bem? Como é que você se sentiria se alguém a chamasse de prostituta?"

"Ótimo", diz a repórter alemã, "gosto disto. A ruga na testa. O ritmo rápido da digitação. Agora só falta filmar um *intercut* de algumas traduções das suas coletâneas para outras línguas, para que os nossos telespectadores saibam que você é sucesso – e novamente esse abraço do seu filho. Na primeira vez ele correu muito depressa e o nosso câmera não conseguiu mudar o foco a tempo." Minha esposa pergunta se a repórter alemã precisa que também ela me abrace de novo, e no íntimo rezo para que ela diga que sim. Quero tanto que minha mulher me abrace de novo, que seus braços lisos se apertem em torno de mim, como se não houvesse mais nada no mundo além de nós. "Não precisa", diz-lhe a alemã em tom frio, "já temos isso." "Que animal é você?", meu filho pergunta para a alemã, e eu traduzo logo para o inglês. "Eu não sou animal", ela ri e passa os dedos de unhas compridas pelo cabelo dele. "Sou um monstro. Um monstro que veio do outro lado do oceano para comer criancinhas bonitas como você." "Ela diz que é um pássaro canoro", traduzo para o meu filho com a maior naturalidade. "Ela diz que é um pássaro canoro de penas vermelhas que voou para cá de uma terra distante."

Impressão e Acabamento:
GRÁFICA STAMPPA LTDA.
Rua João Santana, 44 - Ramos - RJ